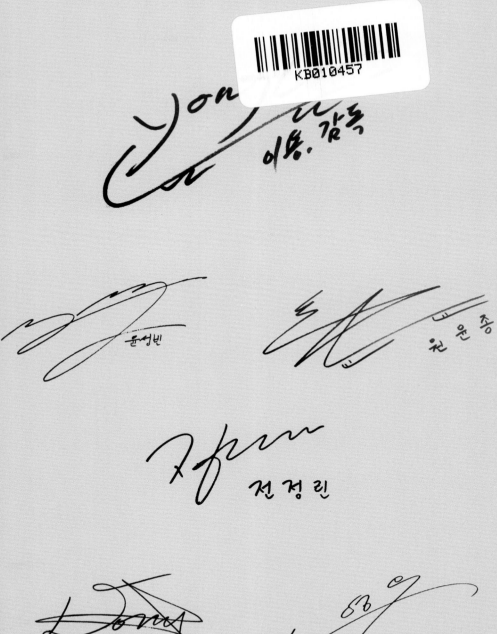

이뵹. 감독

윤성빈

권 윤 종

전 정 린

김동현

서영수

우린 팀원

이용 지음 ──────────── Team one

무한

프롤로그

2018년 2월 9일. 2018 평창동계올림픽이 화려하게 개막했다. 이날 개막식에서 봅슬레이 원윤종 선수가 북한의 여자 아이스하키 황충금 선수와 함께 한반도기를 들고 입장했다. 평창동계올림픽이 세계인들의 평화와 평등의 축제임을 알리는 순간이었다. 원윤종 선수가 한반도기를 들고 입장하는 것을 지켜보면서 우리 봅슬레이스켈레톤 대표팀 선수들은 다시 한 번 마음을 다잡으며 승리를 머릿속으로 그렸다.

2018년 2월 16일. 잊지 못할 감격의 날이다. 2018 평창동계올림픽에서 스켈레톤 국가대표 윤성빈 선수가 아시아 최초로 올림픽에서 금메달을 따고 '아이언맨'으로 세계를 놀라게 한 날이다. 윤성빈 선수의 썰매가 트랙을 쏜살같이 질주해 금메달이 확정된 순간, 숨죽이며 지켜보던 나와 코치진들은 두 주먹을 머리 위로

번쩍 치켜들며 환호성을 질렀다. 하늘을 올려다봤다. 구름 한 점 없이 맑고 쨍한 푸른 하늘이었다. 우리나라 스켈레톤 역사를 새롭게 쓴 날은 한민족 최고의 명절 설날이었고, 윤성빈은 지켜보며 응원해준 국민들에게 감사의 큰절을 올렸다.

금메달 시상식 대에 윤성빈 선수가 올라가고 태극기가 펄럭이며 애국가가 흘러나왔다. 대한민국 국민들은 뜨거운 박수를 보냈다. 그 모습을 보면서 마음속에서 뜨거운 감동과 감격이 올라왔다.

2018년 2월 25일. 원윤종, 서영우, 김동현, 전정린 선수가 봅슬레이 4인승에서 금메달 못지않게 값진 은메달을 땄다. 앞서 원윤종, 서영우 선수가 2인승에서 아깝게 메달을 놓친 후 심기일전해 김동현, 전정린 선수와 힘을 합해 만들어낸 은메달이기에 더욱 의미가 깊었다. 4명의 선수들은 태극기의 괘인 건곤감리가 그려진 헬멧을 쓰고 마치 한 몸처럼 질주해 더욱 큰 감동을 전했다.

누가 상상이나 했을까? 불모지라고 여겨졌던 봅슬레이 스켈레톤 종목에서 대한민국이 당당히 금메달을 목에 걸게 될 줄을.

불모지라는 말은 꽃이 피지 않는 땅이라는 의미다. 우리는 풀 한 포기 없는 불모지에서 6년 동안 물을 주고 가꾸고 가꿔 사막에서 꽃을 피워냈다. 도저히 가능할 것 같지 않았던 꿈이 꿈으로 끝나지 않고 현실이 될 수 있었던 것은 끝까지 포기하지 않고 노력했기 때문이다.

그러나 여기서 중요한 것이 있다. 봅슬레이 스켈레톤이 한국에서 활짝 꽃피기까지 감독과 선수들의 노력만으로는 어려웠다는 점이다. 국화꽃 한 송이가 피어나기 위해서는 소쩍새와 천둥과 먹구름과 그리움이 필요하고, 한 아이가 자라기 위해서는 온 마을이 필요하듯 한 종목이 성장하기 위해서는 최적의 주변 환경이 필수다. 여기서 환경이라는 것은 바로 정부와 기업의 후원이다. 봅슬레이 스켈레톤이 불모지 척박한 환경에서 든든히 뿌리내리기까지 포스코대우를 비롯해 현대자동차, KB금융그룹, LG전자, CJ 등 대기업의 후원이 있었기에 가능했다.

스포츠는 선수 개인(혹은 단체)의 기록 종목이지만, 기록을 내기 위해서는 혼자만으로 힘으로는 어렵다. 여기에는 감독, 기업의 후원이 절대적으로 필요하다. 흔히 말하는 선수, 감독, 후원이라는 삼박자가 유기적으로 잘 어우러졌을 때 아름답게 피어날 수 있다. 이 점에서 스포츠는 종합예술(?)이다.

봅슬레이 스켈레톤 종목은 비인기 종목이다 보니 대중적 관심을 받을 수 없어 선수로서 갖는 소외감과 외로움이 크다. 쉽게 지치고, 좌절할 수 있다. 그렇기에 감독의 역할과 선수를 물질적으로 도움을 주는 기업의 후원이 그 어떤 종목보다 절실하다.

50.02초. 2018 평창동계올림픽에서 윤성빈 선수가 4차 시기에서 썰매를 타고 질주하며 금메달을 확정한 시간이다. 국민들은 윤성빈 선수가 얼음을 타고 내려오는 1분도 채 되지 않는 짧은 시간만을 보았지만 그 시간 너머에는 수백, 수천, 수만의 시간들이 축적되어 있다.

단 몇 초 만에 승부가 가려지는 봅슬레이 스켈레톤과 같은 스포츠 종목은 구기 종목 등과는 다르게 순간순간 인생의 희로애락이 주마등처럼 지나는 경험을 하게 된다. 생과 사라는 절체절명의 경계를 매일 반복해서 경험한다. 얼음트랙을 경험해보지 못한 사람들은 그 감정을 짐작하기 매우 어렵다. 나 자신이 선수 시절 생사를 넘나드는 경기를 펼쳤기에 감독으로서 선수들의 경기를 지켜볼 때마다 입술이 바짝 마를 만큼 긴장을 하게 된다. 물론 그 긴장감을 아무도 눈치채지 못하게 하는 것이 감독으로서 가져야 할 포커페이스다.

가끔씩 생각해본다. 나는 왜 이처럼 생사의 경계를 넘나드는 위험한 스포츠를 시작했을까? 그리고 왜 여전히 이 스포츠를 떠나지 못하고 있는 것일까?

윤성빈 선수가 금메달을 받은 후 자신이 받은 메달을 내 목에 걸어주며 감사의 인사를 했다. 선수 시절 메달을 한 번도 목에 걸어보지 못했던 나는 윤성빈 선수가 걸어준 금메달을 목에 걸고 기어이 참았던 눈물을 터트렸다. 원윤종, 서영우, 김동현, 전정린 선수가 봅슬레이 4인승에서 은메달을 땄을 때도 우리는 서로 부둥켜안고 한참 울었다. 선수 시절부터 지도자로서 올림픽을 향해 달려왔던 모든 시간들이 영화의 필름처럼 눈앞에 빠르게 지나갔다.

목 차

3 사람 중심, 신뢰의 리더십

4 열정을 하나로 만드는 팀 빌딩 노하우

5 평창의 기적을 만든 주역들

1

씨름선수,
운명의 썰매를 만나다

01

씨름을 잘하던 아이

처음 운동을 시작한 것은 초등학교 5학년 때였다. 전주에서 태어나 자란 나는 어려서부터 튼튼하고 다부진 신체를 가진 아이였다. 초등학교 5학년 때 특별활동 중 팔씨름대회에 참가했는데 팔씨름으로 교내에서 1등을 했을 정도였다. 학교 선생님께서는 교내 씨름부가 창설돼 선수들을 선발할 때 팔씨름 대회에서 1등을 한 나를 씨름부에 들어갈 것을 권하셨다. 운동을 하게 되면 학비도 안 내고 숙소생활도 할 수 있다는 얘기가 어린 마음에 귀가 솔깃했다.

그렇게 시작한 씨름 실력이 점점 늘어 중학교 때는 전국대회에서 3관왕, 소년체전에서 동메달을 딸 정도로 운동에 재능을 드러

내기 시작했다. 씨름선수 생활을 하며 중학교 3학년이 됐고, 고등학교를 어디로 진학해야 할지 결정해야 하는 순간이 왔다. 나는 몸은 단단했지만 키나 몸무게가 어느 씨름 선수들과 경쟁하기에는 다소 작았다. 당시 씨름계는 이만기, 이봉걸 등 성공한 몇 명의 선수들이 주목받는 분위기였다. 지금은 태백급, 금강급, 한라급 등 체급별로 나눠져서 경쟁하는데, 당시에는 체급의 구별이 없었다. 만약 씨름이 지금처럼 체급별로 나뉘어 경쟁하는 시스템이었다면 씨름을 계속했을지도 모른다. 그랬다면 아마도 지금의 봅슬레이 스켈레톤 감독 이용은 없었을 일이다.

중학교 3학년 때 진로를 고민하던 중 체육 선생님께서 "너는 씨름보다 레슬링으로 가면 성공할 거다"라는 조언을 해주셨다. 선생님의 조언을 듣고 나는 고민 끝에 고등학교에 진학해서 레슬링으로 전향했다.

그러나 고등학교에 가서 시작한 레슬링은 생각만큼 좋은 성적이 나오지 않았다. 지구력을 가지고 하는 경기가 몸에 맞지 않았다. 씨름은 1~2초의 승부였는데 레슬링은 5~6분 정도 경기를 해야 한다. 초등학교 5학년부터 중학교 3학년까지 5년 동안 1~2초의 승부를 몸에 익혔는데 갑자기 5~6분의 긴 시간 동안 경기를 하는 레슬링을 하려니 몸이 적응이 되지 않았다. 3분 정도만 지나면 체력이 방전됐고 실력은 하위권을 맴돌았다.

레슬링으로 성공하겠다고 생각하고 고등학교에 진학했는데 성적 부진으로 대학 진학마저 불투명해지는 상황을 맞이했다. 부모님께 너무 미안했다. 우리 집은 집안 형편이 그다지 좋은 편이 아니었기 때문에 더욱 그런 마음이 들었다.

1996년 고등학교 3학년이 됐다. 강원도가 '2010년 평창동계올림픽'을 유치하기 위해 무주와 경쟁을 하던 때였다. 당시 IOC에서 한국에는 썰매 종목 선수도 없는데 무슨 동계올림픽 유치냐는 이야기가 나왔다.

대기업 쌍방울개발이 이 이야기를 듣고 루지 종목을 육성하기 위해 1992년 12월 19일 대한루지경기연맹(이하 루지연맹)을 설립하고 선수 발굴에 나섰다. 쌍방울개발 남기룡 대표가 초대 회장직을 맡았다. 루지연맹은 1998년 나가노 동계올림픽에 대한민국 루지 선수를 출전시킬 계획이었다. 이후 루지연맹은 2006년 대한루지봅슬레이스켈레톤경기연맹으로 명칭이 바뀌었고, 지난 2008년에는 대한루지연맹과 대한봅슬레이스켈레톤경기연맹으로 나뉘어 운영되고 있다.

고등학교 레슬링부 이호상 감독님은 진학에 대해 고민하는 나에게 루지 종목을 권유하셨다. 항상 예의 바르게 생활하고, 선후배들을 잘 챙기는 내 모습을 좋게 평가해주시던 분이었다. 레슬링부 이호상 감독님은 루지연맹이 생겨 썰매 선수를 모집한다는 걸 알고는 "용아, 루지를 한번 해보지 않겠니?"라고 권하셨다. 루지라는 말을 생전 처음 들었던 순간이었다.

이호상 감독님의 권유로 루지 선수 선발 테스트를 받기 위해 무주리조트를 찾아갔다. 전국의 대학교, 고등학교에서 모인 지망생들이 한자리에 모였다. 루지가 뭔지 모르니 관심을 두는 선수들도 적어서 전국에서 모였다고 해봤자 30명 정도였다.

루지국제연맹에서 파견 나온 오스트리아 군터 렘머 국제 코치가 전국에서 모인 지망생들을 테스트했다. 30명 중 대부분은 대학생이었고 고등학생은 나 혼자였다. 루지가 뭔지, 어떻게 타는지도 모르고 테스트를 받았는데 씨름과 레슬링으로 다져진 기본체력이 있는데다 나이도 제일 어려서였는지 선발전에서 3위를 했다. 외국인 코치는 나의 가능성을 높게 평가했다. 나는 대학 진학을 포기하고 루지 선수를 해보기로 마음먹었다. 우리나라에서 최초로 생긴 루지팀의 선수를 한다는 것이 나의 호기심을 자극했다. 썰매 종목과의 긴 인연이 시작된 순간이었다.

02

부상은 나의 친구

루지팀 선수로 선발된 후 무주리조트에서 본격적인 연습을 하기 시작했다. 루지를 처음 탔던 순간의 기억이 오래도록 남아있다. 우리나라에 얼음 트랙이 없었으니 바퀴가 달린 썰매를 타고 아스팔트를 질주하는 것이 연습의 전부였다. 처음 타본 썰매는 크게 어렵지 않았다. 마치 놀이기구를 타는 것처럼 신나게 달리는 재미가 있었다.

우리나라 최초로 생긴 루지팀의 선수로 선발이 된 후, 바퀴 썰매로 몇 번 연습을 한 후 1996년 겨울 캐나다 캘거리로 첫 전지훈련을 갔다.

전지훈련장에는 한국 선수들 외에도 대만, 인도 등 루지를 처음 시작하는 나라의 선수들이 와 있었다. 나중에 안 일인데 국제 루지연맹이 루지종목을 보급하기 위해 루지를 처음 시작하는 나라의 선수들을 대상으로 디벨롭먼트 프로그램을 개최한 것이었다.

급조된 한국의 루지 선수들이 첫 전지훈련장에 가서 죽지 않고 살아 돌아온 것은 어쩌면 기적이었다. 당연했다. 아스팔트에서 타던 바퀴 썰매는 시속 70~80km 정도였는데, 얼음트랙에서 타는 썰매는 시속 120km 정도가 나왔다. 바퀴 달린 썰매를 타고 아스팔트를 달리는 게 전부였던 선수들이 스케이트 날이 달린 썰매를 타고 얼음트랙을 달렸으니 어떤 모양이었을지는 상상에 맡기겠다. 게다가 한국에서 연습할 때 루지국제연맹에서 파견한 국제코치가 없는 날에는 서로 우리를 가르쳤으니 실력이 오죽했겠는가.

생전 처음 루지를 타고 얼음트랙을 질주한 나는 매일매일 부상의 연속이었다. 썰매가 뒤집어져서 손가락을 15바늘을 꿰맸고, 얼굴을 20바늘 꿰매고, 몸이 천장에 부딪히면서 뇌진탕에 걸릴 뻔하기도 했다. 온몸은 피멍이 들어 얼룩덜룩했다. 옷은 하도 찢어져서 더 이상 입을 훈련복이 없을 정도였다. 숙소에 돌아오면서로 얼마나 상처가 났는지 확인하고 멍든 곳에 멘소래담을 발라

주는 것이 하루 일과의 마무리였다.

매일 부상을 입고 아파서 끙끙 앓으면서 내가 왜 이걸 시작했을까 생각했다.

'내 적성에 맞는 걸까?'

'괜한 고생을 하고 있는 건 아닌가?'

'계속 해야 할까 말아야 할까?'

정말 고민을 많이 했다. 그러나 힘들어 포기하고 싶을 때마다 마음 한구석 오기가 생겼다. 끝을 보고 싶었다. 성격 탓이다. 뭔가 하나에 꽂히면 끝을 봐야 하는 이상한 고집이 있다.

국제루지연맹에서 실시하는 디벨롭먼트 프로그램에 참여한 나라들은 국제대회에 출전 횟수만 채우면 성적이 좋든 나쁘든 올림픽에 출전할 자격을 준다고 했다. 씨름을 그만두고 레슬링마저 그만둔 상황에 대학에도 못 간 내 입장에서는 올림픽 출전만이 희망이었다. 어떻게든 올림픽에 출전하겠다는 생각으로 자꾸만 도망가고 싶은 마음을 붙들었다.

그때는 루지의 미래가 밝아서 계속 해야겠다고 생각한 것은 아니었다. 당시 우리나라에는 루지 선수로 뛸 만한 실업팀도 없었고 국가대표에게 주어지는 한 달 수당이 18~20만원 정도였다. 미래가 없는 운동이었지만 당장 눈앞에 닥친 가장 가까운 목표 하나만 보고 견뎠다. 1998년 나가노 올림픽 출전 하나만 바라보고 노력했다.

미국으로 전지훈련을 갔을 때는 무척 심각한 부상을 입기도 했다. 얼음트랙에서 썰매가 뒤집어졌을 때는 반드시 썰매를 먼저 보내야 한다. 그렇지 않으면 뒤따라오는 썰매에 부딪혀 심각한 부상을 당하기 때문이다. 그때는 그런 룰도 몰라 전복된 뒤 썰매가 허리를 때려서 정신을 잃었다. 앰뷸런스에 실려가 병원에서 일주일을 입원해 있다가 몸을 추슬러 한국으로 돌아왔다.

상처뿐인 전지훈련에서 돌아와 훈련을 쉬는 여름 시즌에는 루지 생각은 뒤로 미뤄두고 닥치는 대로 아르바이트를 해야 했다. 우리 집은 집안 형편이 넉넉하지 않았다. 아버지는 선비 스타일로 돈벌이에는 재능이 없으셨고, 어머니가 어떻게든 없는 살림을 꾸려 2남 1녀를 키우기 위해 애쓰셨다.

중학교 때 씨름부에서 합숙훈련을 할 때의 일이다. 합숙을 하기 위해서는 한 달에 30만원의 숙소비를 지불해야 했다. 어머니는 숙소비를 내줄 돈이 없어서 학교에 이야기해 숙소비 대신 숙소에서 선수들의 밥을 삼시세끼 해주는 노력 봉사로 대신했다. 어머니는 선수들 30명의 아침, 점심, 저녁을 3년 동안 하루도 빠짐없이 해주셨다. 보통 아침을 7시에 먹었는데 그 아침을 준비하기 위해 어머니는 집에서 새벽 4시에 일어나 새벽 5시에 버스를 타고 출발해 합숙소로 출근했다. 저녁을 8시에 해주고 집에 가면 밤 9시였다. 그런 생활을 눈이 오든 비가 오든 한결같이 해서 나를 가르치셨다. 그런 어머니를 생각하면 전지훈련이 없는 여름 시즌에 쉴 수가 없었다. 주유소부터 신문 배달, 우유 배달, 세탁소 배달, 중국집 배달 등 닥치는 대로 아르바이트를 해서 돈을 모으다 보면 금세 시간이 흘렀고 겨울이 돌아오면 다시 전지훈련을 나갔다.

부모님은 아들이 대학에도 못 가고 전지훈련을 다녀오면 상처투성이에, 훈련이 없을 때는 막노동 수준의 아르바이트를 전전하는 모습에 걱정을 많이 하셨다.

부모님은 전형적인 시골 분들이다. 그 고장에서 태어나 한 번도 그곳을 떠나본 적이 없다. 동네에서 학교 선생님이 된 아무개나, 공무원이 된 아무개를 가장 부러워하는 분들이었다. 그런 분들이 자식이 당신들이 원하는 직업이 아닌, 험난한 길을 가겠다고 했을 때 얼마나 마음이 아팠을까. 그때는 몰랐지만 지금은 알수 있다. 내가 선택한 그 길이 요즘 아이들이 이야기하는 꽃길이 아니라 가시밭길이었다는 것을. 그 가시밭길을 찾아 걸어 들어가는 아들이 얼마나 보기 안쓰럽고 말리고 싶었을까.

특히 아버지는 나에게 "운동 그만두고 기술 배워서 기술로 밥벌이를 하라"고 하셨다. 급기야 아버지는 내 손을 끌고 자동차 2급 정비사 학원에 데려갔다. 그러나 자동차 정비를 배우기가 싫었다. 지금까지 운동만 해왔고 운동을 더 하고 싶었고, 루지 종목을 이제 시작했는데 뭐가 됐든 끝을 보고 싶었다. 어쩌면 그때 부모님의 반대가 없었더라면 몸이 힘들다는 생각에 나 스스로 포기했을지도 모르겠다. 그러나 부모님이 반대할수록 끝까지 해보고 싶다는 생각이 더욱 강해졌다.

나는 부모님을 설득하기 시작했다. 열심히 해서 올림픽에 꼭 나가보고 싶다고 말씀드렸고, 아버지는 "올림픽에 나갈 수 있다면 열심히 해보라"고 한 발 물러나셨다.

시간이 흘러 1998년 2월 7일, 드디어 기다려온 제18회 나가노 동계올림픽이 개막했다. 2년의 훈련을 마치고 대한민국 루지국가대표 선수 마크를 달고 나가노 동계올림픽에 출전하던 순간의 감격은 지금도 마음속에 자랑스러운 순간으로 남아 있다. 올림픽에 출전했다는 사실 하나만으로도 세상을 다 얻은 것 같은 기분이었다.

그러나 기대를 품고 출전했던 나가노 동계올림픽에서 대한민국 루지국가대표팀은 최악의 성적표를 받았다. 참가한 36개 팀 중 36위를 했다. 완벽한 꼴찌였다. 그 허탈함은 이루 말할 수 없었다. 그동안 수많은 부상에도 포기하지 않고 노력했는데 참담한 성적표를 받고 보니 절망스러웠다.

봅슬레이 스켈레톤 대표팀 과거 훈련 모습

PyeongChang 2018

봅슬레이 스켈레톤 대표팀은 얼음트랙이 없어서 바퀴 달린 썰매를 타고 훈련했다.

03

길이 끝나는 곳에서 다시 길은 시작된다

나가노 동계올림픽이 허탈하게 끝나고 난 후 집으로 돌아오니 군대 영장이 나를 기다리고 있었다. 스물한 살이었고 대학에 가지 못했으니 군대를 가야 했다.

군 입대를 할 때도 우여곡절이 있었다. 어머니가 깜빡 잊고는 영장을 전달해주지 않아 군 입대 이틀 전 병무청 전화를 받고 부랴부랴 입대 준비를 하게 됐다.

나가노 동계올림픽에서 꼴찌를 한 후 앞으로 어떤 인생 항로를 설계해야 할 지 고민하던 차였다. 차라리 잘됐다 싶었다. 나를 더 강하게 단련시켜보자는 마음에 일부러 특전사에 지원했다. 남들과 똑같은 군대가 아니라 남들과 다른 군대 생활을 하고 싶었다.

특전사에서 4년을 보내고 난 뒤, 직업군인이 되기로 진로를 결정했다. 직업군인을 하게 되면 돈을 벌면서 대학도 갈 수 있다는 이야기를 들었기 때문이었다. 대학에 가지 못한 아쉬움을 늘 가지고 있었던 나는 2001년 직업군인이 돼 낮에는 군 생활을 하고, 밤에는 대학교에서 공부를 했다.

운동에 대한 아쉬움이 남아서였을까. 인천대학교 사회체육학과에 진학해 체육 이론에 대해 공부했다. 낮에는 일하고 밤에는 공부하는 주경야독의 시간이었지만 피곤한 줄 모르고 즐겁게 공부했다. 남들은 쉽게 가는 대학을 남들보다 어렵게 갔기 때문에 대학에서 공부하는 시간이 더욱 소중하게 느껴졌는지 모른다.

대학에 진학해 공부를 하게 되면서 나에게는 새로운 꿈이 생겼다. 비록 낮에는 군 생활을 하고 밤에는 공부를 하는 힘겨운 날들이었지만 열심히 해서 체육교사가 되고 싶다는 꿈을 가지게 됐다.

부모님은 아들이 직업군인이 돼 돈을 벌고 대학에 진학해 체육교사가 되기 위해 공부하는 모습을 보면서 "이젠 마음을 놓아도 되겠다. 그대로만 해라"하며 흡족해 하셨다.

그러나 내 마음 한편에서는 또 다른 목소리가 들려오기 시작했다. 군대에 입대해 7년 정도가 지났을 때였다. 늘 비슷하게 반복되는 평범한 일상에 갑갑함이 느껴졌고, 뭔가 가슴 뛰는 새로운 일에 도전해보고 싶다는 생각이 꿈틀거렸다.

바로 그때 루지연맹에서 한 통의 전화가 왔다.

"이용 선수입니까? 여기는 루지연맹입니다."

2010년 밴쿠버 동계올림픽을 준비하기 위해 선수단을 모집하면서 트레이닝을 시켜줄 트레이너를 찾고 있다는 전화였다.

전화를 끊고 나니 루지연맹에 가서 선수들과 함께 훈련을 하면서 다시 선수로 뛰어보고 싶은 마음이 부풀어 올랐다. 첫 올림픽 도전에서 허무하게 실패한 뒤 멈췄던 시계를 다시 돌리고 싶다는 마음이 간절했다. 비록 10년 가까이 공백이 있었지만 아주 불가능은 아니라는 생각이 들었다. 스물일곱 살이었다. 아직 젊다고 믿었다.

그런 생각이 들자 나는 직업군인을 그만뒀다. 직업군인을 그만두는 것에 대한 미련은 조금도 없었다. 직업군인이 된 것은 부모님께 손을 벌리지 않고 안정적으로 돈을 벌어 생계를 유지하며 대학에 가기 위해서였다. 무사히 대학을 내 힘으로 졸업했으니 더 이상의 미련은 없었다.

결론적으로는 루지 국가대표 선수들의 트레이너로 다시 발을 들여놓게 된 루지연맹에서 2010년 밴쿠버 동계올림픽에 출전한 선수는 나 하나뿐이었다. 어떻게 보면 나의 밴쿠버 동계올림픽 출전은 하나의 기네스북 기록이라고 해도 과언이 아니다. 1998년 나가노 동계올림픽에 국가대표로 출전하고 은퇴했던 선수가 재기해 2010년 밴쿠버 올림픽에 12년 만에 출전한, 흔치 않은 사례이기 때문이다.

04

겨울을 견딘 꽃이 향기롭다

난초는 추운 겨울을 보낸 후에야 향기로운 꽃을 피운다. 추위를 겪지 않은 난초는 꽃을 피우지 않는다. 난꽃의 향이 그토록 그윽하고 향기로운 것은 혹독한 추위를 견디고 자신을 단련시켜낸 것에 대한 보상은 아닐까.

직업군인으로 살면서 운동선수 때만큼은 아니어도 꾸준히 운동을 해왔지만 다시 선수의 몸을 만드는 것은 쉽지 않았다. 웨이트 트레이닝을 하고 식단관리를 통해 살을 찌우는 것도 꽤 어려운 작업이었다.

썰매 종목은 몸무게가 경기력에 무척 큰 영향을 미친다. 무거운 썰매가 더 빨리 내려가기 때문에 선수들의 몸무게가 무거울수록 좋다. 만약 무게 제한이 없다면 마냥 몸무게를 늘리면 좋겠지만 규정에 정해져 있는 상한선의 몸무게가 있기 때문에 경기 룰에 적용된 최대한의 몸무게에 맞추는 것이 중요하다.

훈련에 돌입해 근육을 키우고 몸무게를 늘려가면서 어려운 가운데서도 희열이 느껴졌다. 내가 좋아하는 운동에 다시 도전한다는 것이 그렇게 행복할 수 없었다.

전지훈련에서 부상을 입는 횟수는 점차 줄었다. 내 나름대로 요령도 쌓이기 시작했다. 썰매는 얼음트랙을 몇 번이나 탔느냐 하는 경험치가 무척 중요하다. 한 번 탈 때마다 선수의 온몸과 영혼에 경험이 감각으로 새겨지기 때문이다. 첫 도전에서 좌충우돌했던 경험이 자양분이 돼 점차 루지선수 다운 모습을 갖춰갔다.

그러나 2010년 밴쿠버 동계올림픽은 나에게 또다시 혹독한 시련을 안겨줬다. 강원도청 소속의 루지 국가대표 선수로 밴쿠버 동계올림픽에 참가해 올림픽 경기를 앞두고 막바지 현장 훈련을 할 때였다. 훈련장에서 가깝게 지냈던 그루지아 선수가 훈련 도중 사망하는 사건이 일어났다. 올림픽 훈련장에서는 선수들의 수준별로 그룹이 나뉘어 어울리는, 보이지 않는 암묵적인 룰이 있다. 상위그룹은 상위그룹 선수들끼리 친하고 하위그룹은 하위그

룸 선수들과 어울린다. 당시 최하위 팀이었던 한국 선수인 나는 역시 하위팀인 그루지아 선수와 친하게 지냈다.

늘 같이 연습하고 친하게 지냈던 그루지아 선수가 얼음트랙에서 연습 중 바로 내 앞에서 출발해 달리다가 코스를 이탈해 뇌진탕으로 그 자리에서 사망하고 말았다. 루지가 위험한 운동이라는 생각은 했지만 선수가 눈앞에서 사망한 것을 본 것은 처음이었다. 나는 꽤 큰 충격을 받았다.

소란은 한국에 있는 가족들 사이에서도 벌어졌다. 당시 한국뉴스에서 자막으로 루지 선수 뇌진탕으로 사망이라는 내용이 지나간 것을 어머니가 보시고는 아들인가 싶어 기절 직전이 됐던 것이다. 가족들은 내 생사를 확인하기 위해 내게 전화를 했지만 당시 나는 전화기를 꺼놓고 훈련을 하고 있어 받지 못했다. 전화가 연결되지 않으니 가족들의 속은 까맣게 타들어 갔을 것이다. 훈련을 마치고 전화기를 켜니 동생이 보낸 문자 메시지가 여러 통 들어와 있었다. 국제전화를 걸어 괜찮다고 가족들을 안심시켰지만 정작 내 마음은 안정이 되지 않았다.

같이 훈련하던 선수가 사망했는데 다음 날 아무 일 없었다는 듯이 연습이 계속됐다. 나는 경기 운영본부측에 추모 행사라도 열어야 하는 것 아니냐고 건의했지만 아무 소용이 없었다. 분통이 터져 혼자 식식거렸다.

나는 가깝게 지낸 동료가 사망한 충격을 극복하지 못했다. 죽음에 대한 공포가 나를 짓누르고 있었는지도 모른다. 심리적으로 위축돼 있던 나는 결국 40명 중 36등으로 대회를 마무리했다. 12년 만에 참가한 두 번째 올림픽 출전은 그렇게 허무하게 막을 내렸다.

05

보이지 않는 운명의 끈

12년 만의 올림픽 도전에서 또다시 좌절을 맛본 나는 강원도청 선수생활을 종료했다. 다시 무엇을 해야 할 것인가 고민이 시작됐다.

아버지, 어머니는 안정적인 직업군인을 그만두고 또다시 방황하는 아들을 안타까운 눈초리로 바라봤다. 그러나 나는 직업군인을 그만둔 것에는 조금도 미련이 없었다. 오히려 그동안 운동을 쉰 것이 아쉬웠다. '12년만의 재기'라는 기네스북 급 도전을 통해 배운 것은 '하고 싶은 것은 그 언제가 됐든 해야 한다'는 사실이었다. 나에게는 운동이 운명이고 그 외의 다른 길은 고개 돌려 기웃거리지 말고 내 길을 걸어가야 한다는 것을 절실하게 느낀 시간이었다.

지금 되돌아보면, 인생의 중요한 순간마다 꼭 일어나야 할 일이 일어나 그때마다 인생항로가 바뀌었다는 것을 느낀다. 보이지 않는 커다란 운명이 있어 그쪽으로 나를 이끌어간 것 같은 기분이 든다.

진로를 고민하던 중 봅슬레이 코치 제안이 왔다. 서울 휘문중고가 봅슬레이 스켈레톤 팀을 창단하는데 코치로 와서 아이들을 가르쳐달라는 제안이었다. 운동을 계속 해야겠다는 생각을 가지고 다음 스텝을 생각하던 상황에 받은 코치 제안이라 흔쾌히 수락하고 자리를 옮겼다.

중고등학생들을 맡아 봅슬레이 스켈레톤을 가르치는 일은 보람 있었다. 내가 처음 아무것도 모르고 썰매를 탔을 때의 생각을 떠올리며 아이들이 배워야 할 것들에 관한 훈련법을 연구하고 효과적으로 가르치기 위해 노력했다.

가르치면서 배운다는 말이 있다. 누군가에게 무엇을 가르치기 위해서는 자신이 알고 있는 것을 점검해보는 시간을 가지게 된다. 몸으로 익힌 것을 아이들에게 가르치기 위해 이론으로 정리하고 이를 실제 가르쳐 효과를 확인하는 과정을 통해 내 나름의 봅슬레이 스켈레톤 교습법에 대한 체계를 갖추게 됐다.

그러나 휘문중고에서 봅슬레이 스켈레톤 팀을 맡아 아이들을 가르친 시간은 그리 길지 않았다. 강의를 시작한지 채 1년도 되기 전에 그만두고 말았다. 휘문중고 봅슬레이 스켈레톤 팀 감독으로 수개월 지내면서 우리나라 학교 체육에 실망을 많이 했기 때문이었다.

가장 내 마음을 불편하게 했던 것은 급여 시스템이었다. 학생들을 지도하는 감독이었지만 급여는 학교나 교육청이 아니라 학부모들이 육성회비를 걷어서 주는 구조였다. 학부모들에게 돈을 받아서 학생들을 가르친다면 학원과 뭐가 다른가. 학교에서 학생들을 가르친다는 자부심이 생기지 않아 8개월 만에 그만두고 말았다.

06

머물고 있는 곳에서 최선을 다해야 한다

휘문중고 감독을 그만둔 뒤 더 체계적인 공부가 필요하다는 생각이 들었다. 연세대학교 체육교육학과 대학원에 입학했다. 공부로 실력을 쌓는 길만이 미래를 준비하는 길이라고 생각했다. 게다가 공부를 하는 시간은 복잡한 미래에 대한 걱정 따위는 잊을수 있다.

2010년 12월.

공부를 하던 중 다시 운명과도 같은 전화를 받았다. 대한봅슬레이스켈레톤경기연맹이었다. 2011년 1월부터 봅슬레이 스켈레톤 코치로 와달라는 요청이었다.

여전히 대한민국 봅슬레이 스켈레톤은 불모지였고, 제대로 가

르칠 코치가 거의 없었다. 나는 동계올림픽에 두 번이나 국가대
표로 참가한 경험을 가진 선수 출신이다. 짧으나마 중고등학생들
을 가르친 지도자 경험도 가지고 있었으니 연맹이 보기에는 '준비
된 코치'라고 생각했던 것 같다. 코치로 새로운 인생을 시작하기
위해 나는 주저 없이 가방을 꾸렸다.

흔히 기회는 준비된 자에게 온다고 한다. 그러나 기회가 어느
날 갑자기 호박이 굴러오듯 내 눈앞에 나타나지는 않는다. 기회
는 어쩌면 내가 열심히 씨앗을 뿌리고 가꾼 밭에서 나고 자라 결
국 내 눈앞에 나타나는 것이라는 생각이 든다.

내가 대한봅슬레이스켈레톤경기연맹에서 현역 루지 선수로 뛸
때 연맹에서 일하는 분과 대화를 자주 나눴다. 연맹의 성연택 사
무처장님이다. 그분에게 선수로서 연맹의 올림픽 준비 시스템에
대한 제안을 허심탄회하게 말하곤 했다. 평창동계올림픽이 확정
된다면 꼭 갖춰야 할 훈련시스템과 종목의 발전을 위한 필수요소
인 후원 등에 관한 아이디어가 생길 때마다 자주 말씀드리곤 했
다.

성연택 사무처장님은 이런저런 다양한 제안을 하는 나를 무척
인상 깊게 보았다고 했다. 성 사무처장님은 내가 루지 선수를 은

퇴하고 중고등학교에서 감독으로 학생들을 가르치다가 사직서를 낸 일까지 근황을 모두 알고 나에게 코치 제안을 했다.

"선수 중에서 그 누구도 우리에게 평창동계올림픽을 구상하고 준비하는 방법에 대한 아이디어를 이야기해주는 사람이 없었는데 이용 선수가 유일하게 그 이야기를 해줘 고마웠네. 이용 선수가 운동을 정말 하고 싶어 하고 좋아하는 열정이 눈에 가득 담겨 있는 게 보였네. 이제 우리 연맹에 와서 그 열정을 꽃피워 주었으면 하네."

평소 나는 어떤 일을 하나 시작하면 끝을 볼 정도로 몰입한다. 다른 것은 생각하지 못할 정도로 파고든다. 직업군인으로 일할 때도 직업군인으로서 최선을 다했다. 비록 적성에 맞는 직업은 아니었지만 무엇을 하든 최선을 다해야 한다는 것이 내 가치관이다.

루지 선수를 할 때도 비록 열악한 환경이지만 최선을 다해 개선할 방법을 찾았고 열심히 건의했다. 그 열정이 작은 씨앗이 돼 기회로 연결된 셈이다.

대한봅슬레이스켈레톤경기연맹에 정식 코치로 발령 받아 출근해 보니 할 일이 산적해 있었다. 바깥에 있다가 안으로 들어가 살

퍼본 연맹의 상황은 열악함 그 자체였다. 인력이라고는 사무처장 1명에 직원 1명이 전부였고, 선수 6명에 지도자 1명이었다. 돈도 없고 스폰서도 없었다. 올림픽에 참가하기 위해서는 조직 정비가 시급했다.

썰매 종목은 장비와의 싸움이라고 해도 과언이 아니다. 흔히 F1 경주와 비교가 된다. F1 경주도 장비가 중요한 경기다. 한 대에 1000억이 넘는 경주용 자동차가 필수다. 봅슬레이도 마찬가지다. 안전하게 더 잘 달릴 수 있도록 연구 개발한 최상급 썰매가 있어야 좋은 성적을 낼 수 있다. 최상급 썰매는 1~2억원 정도 하고 썰매날(리드)은 개당 1000~2000만원 정도 한다. 최상급 장비는 아니더라도 장비를 갖추기 위해서는 비용이 필요하다.

게다가 선수가 6명으로는 운용의 여지가 없다. 선수단을 구성하는 것이 급선무였다. 당장 강습회를 열고 대학마다 공문을 보내고 주위에 추천을 받아 선수들을 영입하기 시작했다.

탄생부터 지금까지 열악하기만 한 종목이었으니 새롭게 실망할 일은 없었다. 아무것도 없는데서 시작하는 것에는 이골이 나 있었다. 오히려 앞으로 나아갈 일만 있는 셈이니 어떤 일을 해도 의욕이 넘쳤다.

07

믿고 응원해준 기업이 있었기에 성장

처음 시작했을 때와 지금을 비교해보면 격세지감을 느낀다. 2018 평창동계올림픽을 준비하면서 인력을 단순 비교해보니 시작할 때 7명에서 40명으로 무려 6배 가까이 늘었다.

되돌아보면, 시작 당시 목표로 했던 것들을 대부분 실현했다. 선수 보완, 장비 문제, 스폰서 문제 등 모든 것을 해결했을 뿐 아니라 타 종목 어디와 비교해도 뒤지지 않는 최고의 팀을 완성했다.

나는 언론과 인터뷰를 할 때 "저는 굉장히 운이 좋은 지도자다"라고 얘기하곤 한다. 어느 기자가 내게 그런 얘기를 했다.

"용장(勇將)보다는 지장(智將), 지장보다는 덕장(德將)이라는 말이 있는데 가장 좋은 지도자는 운장(運將)이라고 합니다. 운이 좋은 사람은 누구도 못 따라온다고요."

나는 그 말에 크게 공감했다.

생각해보면 선수로서는 쓰디쓴 아픔만을 맛봤지만 대표팀 총감독을 맡은 뒤 지금까지는 신이 각본을 짜놓은 것처럼 운이 좋게 모든 일이 술술 풀렸다.

비인기 종목에서 가장 해결하기 어려운 것이 스폰서 문제다. 인기 종목이야 후원을 하겠다는 기업들이 줄을 서지만 비인기 종목은 "잘 하면 후원해주겠다"고 얘기하는 경우가 대부분이다. 변변한 후원사를 찾기 어렵다.

봅슬레이 스켈레톤 선수들을 맨 처음 후원해준 포스코 대우((주)대우인터내셔널).

봅슬레이 스켈레톤 대표팀을 후원한 가장 고마운 후원사는 포스코대우(구 (주)대우인터내셔널)다. 2011년부터 1년에 3억씩, 8년 동안 24억을 꾸준히 후원해준 고마운 기업이다. 봅슬레이 스켈레톤 대표팀이 성장하는데 가장 큰 역할을 했다.

포스코대우와 첫 미팅을 할 때의 일이 아직도 생생하다. 나는 포스코대우와의 만남에서 봅슬레이 스켈레톤 대표팀의 상황을 솔직하게 말씀드렸고, 반드시 성장할 수 있다는 의지를 보여드렸다.

기업이 스포츠에 투자나 후원을 하는 데는 분명한 목표가 있다. 스포츠에 투자함으로써 기업의 이미지 개선 효과를 얻는 것이 가장 큰 이유일 것이다. 그러나 포스코대우는 아무것도 원하는 것 없이, 아무 존재감 없는 선수들을 후원하기로 했다.

포스코대우와 미팅을 하기 위해 포스코대우 사옥을 방문했는데 입구에 '포스코대우 패밀리'라는 문구가 적혀 있는 것을 봤다. 이 문구를 보고 포스코대우 사람들은 가족을 무척 소중하게 생각한다는 걸 느꼈다.

그래서 봅슬레이 자료를 보여드리며 "봅슬레이 스켈레톤 팀은 성적보다는 화합 단합을 중시한다. 포스코대우와 가족처럼 지내면서 2018 평창동계올림픽까지 가고 싶다"고 프레젠테이션을 했다.

　나중에 후원이 결정된 뒤 포스코대우 측으로부터 후일담으로 들은 이야기가 있다. 봅슬레이 스켈레톤 팀이 언론에 나올 때 불화설이나 아니면 파벌싸움 없이 가족같이 지내는 좋은 이미지가 있어서 포스코대우의 가족사랑 이미지와 맞는 것 같아 후원을 결정했다는 이야기였다. 특히 내가 프레젠테이션 때 마지막에 "가족처럼 지내면서 평창을 준비하겠다"는 말이 결정적 요인이 됐다는 이야기를 들으며 나의 예측이 맞았음을 다시 한 번 느꼈다.

　포스코대우 측은 "우리 회사도 어렵게 시작해서 성장해왔다. 어려웠던 시절을 딛고 큰 기업이 됐다. 봅슬레이도 지금 어려운 시절인데 평창동계올림픽에서 좋은 시간을 누릴 수 있도록 사심 없이 지원하고 싶다"고 했다.

　지금도 그때 후원을 결정해준 포스코대우에 대한 고마운 마음을 잊지 않고 있다. 당시 대부분의 기업들이 "잘하면 지원하겠으니 그때 가서 이야기하자"고 할 때 포스코대우는 "사심 없이 지원하겠다"고 했기 때문이다. 당시 100원, 1000원이 절실한 때 포스코대우의 지원은 단비와 같았다.

　포스코대우는 단순히 비용을 지원하는 것에서 그치지 않았다. 포스코대우 임직원 및 가족들과 봅슬레이 스켈레톤 선수들이 함께 어울리는 자리를 만들었다. 해마다 임직원 및 가족들과 선수들이 함께 모여 체육대회를 하면서 우정을 나눴다.

당시 봅슬레이 스켈레톤 선수들은 막 시작하는 단계였기에 좋은 성적을 내지 못했다. 그렇기에 후원을 해주는 포스코대우에 홍보 효과를 내줄 수 있는 상황이 아니었다. 우리가 잘해서 언론에 인터뷰를 할 때마다 후원사인 포스코대우의 이름을 말할 수 있으면 좋았겠지만 당시에는 성적이 좋지 않아 늘 미안한 마음이었다. 아마도 포스코대우는 후원을 결정할 때 우리 봅슬레이 스켈레톤 팀이 세계 1위로 성장할 줄은 예상하지 못했을 것이다.

그런데도 포스코대우는 우리 선수들을 후원했고, 임직원과 가족들은 매년 우리 선수들이 시합이나 훈련을 갈 때마다 응원의 글이나 사진을 찍어서 보내주곤 했다. 정말 가족 같은 따뜻한 정이 차곡차곡 쌓여 있다. 지금도 대한봅슬레이스켈레톤경기연맹 사무국 사무실에는 포스코대우 임직원과 가족들이 보내준 응원의 메시지가 벽에 걸려 있다.

"후회없는 경기로 눈물 흘릴 수 있도록 힘내세요! 열심히 응원하겠습니다."

"좋은 성적 내서 노력한 만큼 결실 맺으세요."

평창올림픽을 준비하는 선수들에게 보내준 응원의 메시지다.

지금은 선수들의 훈련 일정과 경기 일정 등이 많이 바빠져서 포
스코대우 임직원, 가족들과 처음처럼 자주 가깝게 만나지 못하고
있어 아쉽다. 그런 까닭에 포스코대우 임직원과 가족들이 어쩌면
우리 선수들이 '초심을 잃었다'고 오해할 수도 있다. 그러나 나를
비롯해 우리 선수들의 마음은 처음과 조금도 달라지지 않았다.
우리 모두 포스코대우의 사심 없는 후원에 고마운 마음을 늘 간
직하고 있다. 평창동계올림픽에서 좋은 성적을 낸 것은 모두 다
포스코대우 식구들의 응원 덕분이라고 인사드리고 싶다.

　현대자동차는 2014년부터 봅슬레이 썰매 개발 및 지원을 해주
고 있다. 봅슬레이는 작지만 자동차다. 그렇기에 기술력이 무척

현대자동차와 후원 조인식을 갖고 있다.

중요하다. 썰매종목 선진국들이 대부분 자국의 유명 자동차회사가 만든 썰매를 타기 때문에 우리나라 역시 국내 대표 자동차기업이 썰매를 개발해주기를 바랐고 그 바람이 이뤄져 현대자동차가 국산 썰매를 개발해 우리 선수들에게 지원해주고 있다.

아디다스는 2012년부터 지금까지 선수들의 유니폼과 훈련복을 지원해준다. 봅슬레이와 스켈레톤은 훈련복을 무척 자주 바꿔야 한다. 워낙 격렬한 운동이기에 훈련복이 금방 닳기 때문이다. 아디다스의 지원 덕분에 선수들은 옷 걱정 없이 마음껏 훈련할 수 있었다.

LG전자는 2015년부터 연 2억원의 훈련비를 스켈레톤 종목에 지원해주고 있다. LG전자는 후원을 해주면서 그 어떤 생색도 내지 않는 고마운 기업이다. 후원으로 인한 그 어떤 보상도 원하지

LG전자와 후원 조인식을 갖고 있다.

않는 순수한 후원을 해줘 '역시 LG전자'라는 자부심을 갖게 하는 기업이다. 또 잘하는 선수에게만 후원하는 것이 아니라 종목 자체를 후원하는 것도 남다른 점이다. 금메달 포상금 역시 평창동계올림픽에서 금메달을 딴 윤성빈 선수 개인이 아니라 스켈레톤 대표팀에 제공했다. 개인이 아니라 팀이 중요한 종목임을 이해해주는 고마운 기업이다.

CJ는 2015년부터 훈련비 및 식품을 지원해주고 있다. 종목 특성상 선수들이 굉장히 많이 먹는다. 전지훈련 가기 전후에 항상 햇반이나 영양식품, 홍삼, 인삼 등을 지원해주고 있다. 선수들이 먹는 음식은 지도자가 하나하나 신경 써서 구매해야 하는데 CJ가 맡아서 보내주기 때문에 시간도 절약되고 선수들도 마음껏 편안히 먹을 수 있어 무척 고맙다. 또 윤성빈 선수를 위한 스켈레톤 장비개발비를 따로 5000만원을 지원했다. 썰매를 개발하는 비용을 선뜻 내주고 이를 언론에 홍보하지도 않았다.

KB금융그룹은 2015년부터 연간 2억원을 선수들 훈련비로 후원해주고 있다. 후원금뿐 아니라 윤종규 회장님이 직접 선수들을 챙겨 선수들을 감동하게 하는 고마운 기업이다. 윤 회장님은 직접 선수들의 생일 때마다 선수들의 개성에 맞춘 수제케이크와 생일축하 카드를 써서 보내주신다. 만약 해외 전지훈련 때 생일

경희무릎나무한의원이 선수들의 한방치료를 담당했다.

을 맞는 선수가 있으면 자필로 쓴 생일축하카드를 해외의 경기장
으로 보내주신다. 회장으로서 챙겨야 할 것들이 무척 많으실텐데
우리 선수들까지 자상하게 챙겨주는 모습에서 큰 감동을 받았다.

이밖에도 솔병원, 경희무릎나무한의원 등이 우리 선수들을 돕
고 있다. 봅슬레이 스켈레톤 종목을 후원해주고 싶다는 기업들이
점차 늘어나고 있다. 이는 불모지에서 단기간 폭발적인 성장을
한 이유도 있지만 우리 종목이 파벌싸움이 없이 단합이 잘되고
분위기가 좋다는 점도 작용한다고 본다.

2

대한민국
봅슬레이 스켈레톤,
세계 최고가 되기까지

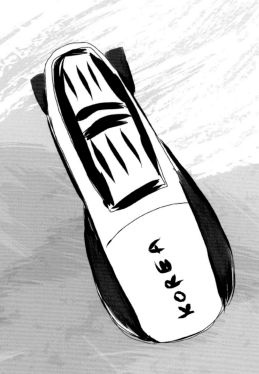

01

수준에 맞는 맞춤형 훈련 도입

나의 선수 시절을 되돌아보면 속된 말로 '무식하니 용감했다'는 말 그대로였다. 어떤 세계인지 몰랐으니 뛰어들 수 있었고 헤쳐 나올 수 있었다. 만약 미리 알았더라면 그 험한 경기를 시작할 수 있었을까 생각해보면 확신하기 어렵다.

그러나 내가 '맨땅에 헤딩' 했다고 해서 후배들까지 그 길을 걷게 할 순 없었다. 아니 내가 맨땅에 헤딩했기에 후배들만큼은 보다 쉬운 길을 걷게 해주고 싶은 마음이 컸다.

내가 루지를 처음 배울 당시에는 국내에 루지 지도자가 한 명도 없었다. 루지라는 것이 무엇인지도 모르던 시절이었으니 당연하다. 당시 루지국제연맹에 파견된 외국인 지도자가 한국, 대만,

봅슬레이 스켈레톤 감독을 맡아 차근차근 준비한 결과
평창동계올림픽에서 좋은 성적을 낼 수 있었다.

그루지아 등 하위권 국가 선수들을 한꺼번에 가르치던 때였다.

언어도 알아듣기 어려웠고 루지를 잘하기 위해서 어떤 운동이 필요한지, 어떤 기술력이 필요한지 모든 것이 미지의 세계였다.

그때 내가 할 수 있었던 것은 귀동냥이었다. 나는 당시 주변에서 기술을 구걸했다. 썰매 종목에서 이름난 나라의 외국인 선수들은 어떻게 타는지 혼자 곁눈질하고 노트에 적어 놓고 분석했다. 잘하는 국가인 독일과 미국의 코치가 선수들에게 뭔가를 가르치고 있으면 트랙을 보는 척하면서 귀를 쫑긋 세우고 이야기를 엿듣고는 적어놨다가 나중에 혼자서 그대로 따라 해보기도 했다.

잘하는 선수를 무조건 따라 한 것은 당시 초보였던 내 잘못된 판단이었다. 세계적인 선수들은 10년 이상씩 연습해 정말 눈감고 탈 정도로 숙달됐고 장비도 그 선수에 맞게 잘 갖춰져 있었는데, 나는 초급장비에 1~2년 훈련한 게 전부였던 시절이었다. 그것은 마치 면허증도 없는 사람이 포니자동차를 타고 아우토반을 달리려고 하는 격이었다.

지금 생각하면 위험천만한 일이었다. 제대로 트랙을 타본 적도 없는 수준에서 최고 기량의 선수들의 훈련법을 귀동냥으로 따라했으니 얼마나 위험천만했는지 지금 생각하면 아찔하다. 썰매 종목뿐 아니라 모든 운동은 개인의 수준에 맞는 훈련법이 필요하다. 그러나 그때는 상위 선수들을 그대로 따라하는 것만이 실력을 키우는 일인 줄 알았다.

자칫하면 큰 사고로 이어질 수 있는 위험천만한 훈련을 겁도 없이 시도했다. 다치는 일이 허다했지만 심각한 부상을 입지 않은 것은 하늘이 도왔다고 해야 할까.

아이러니 하게도 그 좌충우돌의 시기가 지도자로 변신한 후 후배들을 가르칠 때에는 무척 좋은 경험으로 작용했다. 내가 해봐서 실패했던 경험을 가지고 있기 때문에 선수들에게 실패하지 않는 법을 명확히 알려줄 수 있었다.

지금은 지도자로 처음 선수를 만나게 되면 그들에게 하는 첫 질문이 정해져 있다. "썰매를 몇 번이나 타봤느냐?"는 질문이다.

한 번이라고 답하는 선수에게는 한 번에 맞게, 백 번이라고 답하는 선수에게는 백 번에 맞게 가르친다. 이처럼 선수의 수준과 기량에 맞는 가르침이 당연하다. 가장 좋은 것은 단계적으로 한 계단 한 계단 밟아 올라가는 것이다.

자식을 키워보니 저절로 알게 되는 인생의 순리가 있다. 아기가 태어나 처음에는 누워만 있다가 뒤집고, 기고, 짚고 일어나고, 걷다가 비로소 뛸 수 있게 된다. 모든 과정이 단계별로 진행된다.

기어다니다가 갑자기 뛰는 경우는 없다.

만약 내가 처음의 도전에서 성공했더라면 어땠을까 상상해볼 때가 있다. 만약 그랬다면 자만심에 취해서 성공의 소중함을 알지 못했을 것 같다.

쉽게 성공의 길을 걷는 것보다 좌절과 실패를 경험한 것이 인생이라는 긴 안목에서는 더 낫다는 결론을 내리게 됐다. 말하자면 썰매를 통해 귀한 인생 공부를 한 셈이다.

02

미운 오리새끼에서 백조로

우리나라에서는 훈련을 할 수 있는 트랙도 경기장도 없었기에 제대로 된 훈련은 거의 할 수가 없었다. 그래서 국내에서는 웨이트 훈련 같은 기초 체력을 키우는 훈련과 아스팔트에서 바퀴 썰매를 연습하는 것이 전부였다. 본격적인 훈련을 위해 부푼 꿈을 안고 전지훈련을 떠났다.

해외 훈련장에 도착해서 썰매를 대여해서 훈련을 해야 했다. 하위권 국가의 선수들은 썰매를 대여하는 것도 쉽지 않았다. 초급자에게 썰매를 빌려주려는 업체가 없어 경기장에 비치된 녹슬고 페인트칠이 다 벗겨진 썰매를 겨우 빌릴 수 있었다. 너무 낡아 제대로 움직일까 싶은 모양의 썰매였다.

우리는 낡은 썰매나마 빌린 것만으로도 감격해 녹슬고 페인트 칠이 벗겨진 낡은 썰매를 닦고 조이고 색칠했다. 땀 흘려 열심히 손질했더니 나중에는 새 썰매나 다름없이 반짝반짝 윤이 났다. 낡은 썰매를 새것처럼 만들어 반납했더니 나중에는 서로 자기네 썰매를 빌려가라고 해 우리 일행이 한바탕 웃음을 웃었던 기억도 있다.

연습은 역시 쉽지 않았다. 썰매를 열 번 타면 여덟 번은 뒤집어 졌다. 썰매를 타고 전복되는 기분이 어떨지는 경험해보지 않은 사람은 짐작하기 어렵다. 처음 썰매에서 전복되면 '아, 이제 죽는 구나!' 하는 생각이 저절로 든다.

우리 선수들 역시 마찬가지의 모습이었다. 썰매가 전복돼 트랙 에서 처음 뒤집힌 선수는 119에 실려가 응급실에서 검사를 받고 누워 있다가 의사가 "괜찮다"고 한 마디 하면 벌떡 일어나서 걸어 나온다. 당장 죽을 것 같다가 괜찮다는 소리에 "살았구나" 하고 힘을 내는 것이다.

봅슬레이의 경우는 대회에 출전해서 두 번 완주해야 시합에 뛰 었다는 인증을 받고 포인트를 얻는다. 만일 출전 중 도중에 썰매 가 전복돼 완주하지 못하면 시합에 출전했다는 기록조차 남지 않 는다.

전복되면 안 되는 이유는 또 있다. 선수들이 다치는 것도 문제지만 훈련을 하다가 경기장을 파손시키게 되는 것도 문제다. 경기장이 파손되면 경기장 측에서 모든 훈련을 다 멈추고는 경기장을 고쳐야 한다. 한번 전복되면 몇 분씩 경기가 지연되고 결국 훈련시간이 예상보다 길어지게 된다. 얼음트랙에서 훈련을 하기 위해 전 세계에서 어렵게 찾아온 선수들은 우리 선수들의 전복 사고 때문에 경기장이 파손돼 훈련이 지연되면 노골적으로 불만을 터트리곤 했다.

"한국팀 때문에 우리 선수들이 훈련을 제대로 하지 못하고 있다. 우리 선수들이 피해를 본다. 실력 없는 한국팀 선수들이 얼음트랙에서 훈련하지 못하게 해달라."

이처럼 외국 지도자나 선수들이 경기장 측에 컴플레인을 하는 경우가 허다했다. 경기장 측은 여러 나라의 잇따른 컴플레인을 받고 우리 선수들에게 훈련을 멈추고 당장 경기장을 떠나라고 요구했다. 그러나 우리 역시 어렵게 훈련을 왔기에 연습을 멈춘다는 것은 있을 수 없는 일이었다.

고심 끝에 나는 경기장 측에 서약서를 쓰겠다고 제안했다.

"만약 더 이상의 전복사고가 난다면 우리 책임이니 책임지겠다. 트랙이 파손된다면 우리가 변상하겠다. 또한 다른 나라 선수

캘거리 아메리카컵 대회에서 장비를 렌트해 훈련하고 있다.

들이 훈련을 하지 못하게 된다면 그때는 우리 스스로 한국으로 돌아가겠다. 그러니 한 번 더 기회를 달라."

서약서를 쓰고 나서는 선수들에게 서약서를 쓴 사실을 이야기했다. 이후에도 선수들의 전복 사고는 계속 됐지만 경기장을 파손시킬 만큼 큰 사고는 벌어지지 않아 다행히도 얼음트랙에서 퇴출되는 일은 벌어지지 않았다.

선수들과 해외 전지훈련을 다니면서 속상했던 일은 한두 가지가 아니다. 다른 나라 선수들이 얼마나 무시를 했으면 우리 선수들은 선수 대기실에 앉아 있지 못하고 바깥에서 서성이곤 했다. 날이 추운데도 밖에서 눈을 맞고 서 있는 선수들의 모습을 보면서 가슴이 아팠다.

선수들만 왕따를 당한 것은 아니다. 감독인 나 역시 다른 나라 감독이나 코치들 사이에서 대놓고 왕따였다. 지도자들이 만나는 미팅 시간에도 잘나가는 나라 감독이나 코치들은 나 같은 썰매 후진국 지도자는 거들떠도 보지 않았다.

귀족스포츠라 할 수 있는 봅슬레이 스켈레톤 종목에 아시아에서 온 실력도 없는 나라 감독은 그들의 눈에는 그저 귀찮은 존재일 뿐이었다.

2011년에 우리는 1997년산 썰매를 탔다. 자동차로 치면 잘나가는 나라들이 그랜저를 탈 때 우리는 단종된 각그랜저를 타는 격이고, 휴대폰으로 치면 남들이 스마트폰 쓸 때 우리는 2G폰을 쓰는 격이었으니 무시당할 만도 했다. 더 자존심이 상하는 것은 우리 실력이 형편없었기 때문에 세계 정상급 나라들에 아무리 무시당해도 뭐라고 얘기도 할 수 없다는 점이었다.

지금은 국제경기에서 선수대기실에 가면 대기실 의자 가운데에 앉는다. 우리 선수들이 자리에 앉으면 주위에 독일, 미국, 러시아 선수들이 와서 아는 체를 한다. 감독이나 코치들도 내 주변에 찾아와 "한국팀은 스타트를 어떻게 하느냐, 평소 훈련은 어떻게 하느냐" 등 질문을 마구 쏟아낸다. 그들의 반응을 보면서 달라진 우리의 위상을 느낀다.

그동안 아시아권 나라 전체에 대한 봅슬레이 스켈레톤 위상은 형편없었다. 아시아 1위라는 위상을 가지고 있었던 나라가 일본인데 두 차례나 동계올림픽을 개최했음에도 불구하고 메달을 따지 못했기 때문이다. 일본은 1972년 삿포로동계올림픽, 1998년 나가노동계올림픽 등 2차례나 동계올림픽을 개최했다. 그럼에도 불구하고 봅슬레이 스켈레톤에서 메달은커녕 10위 안에도 들지 못해 자존심을 구겼다.

그런 상황이니 아시아에서 아무 존재감이 없었던 한국이 최근 봅슬레이 스켈레톤에서 두각을 나타낸 것이니 세계가 놀라는 것은 당연한 일이다.

03

위기에는 더 적극적인 대처가 중요

내가 선수였을 때 내 실력을 객관적인 시각으로 평가하면 나는 실패자다. 두 번의 올림픽 도전에서 두 번 다 하위권으로 고배를 마셨으니 말이다. 낯선 종목에 뛰어들어 의욕 하나로 도전하면서 치열하게 부딪혔지만 두 번의 도전에서 모두 깨지고 말았다.

당시 나는 메달을 따야 한다는 목표를 가지지 못했다. 다만 경기장에서 사고 없이 무사히 완주하는 게 가장 큰 목표였다. 당시 환경으로는 올림픽에 참가해서 경기를 무사히 치른다는 자체가 최선이었다. 그러나 앞에서도 언급했듯, 올림픽에 두 차례 출전 해서 두 번 다 최하위의 성적을 냈지만 나는 그 혹독한 선수 시절 좌충우돌했던 경험이 봅슬레이 스켈레톤 감독으로 부임한 뒤 후

배 선수들을 가르치는데 엄청난 자산으로 작용했다고 얘기하고 싶다.

봅슬레이 스켈레톤 감독으로 부임하고 나서 나는 내가 선수시절 느꼈던 갈증들을 떠올렸다. 무수히 많이, 무참하게 실패했던 기억들이 생생하게 기억났다. 그때는 어떻게 하면 성공할 것인가에 대한 지식보다 어떻게 하면 실패하는지에 대한 경험이 더 많았다. 내가 선수 시절 간절히 바랐던 것들을 우리 선수들에게 적용함으로써 성공으로 가는 좁은 길을 하나둘 찾아 나서기 시작했다.

감독으로 부임한 뒤 나는 세계권 선수들의 경기 동영상을 분석하다 밤을 지새우는 것이 보통이었다. 낮에는 선수들을 훈련시키고 밤에는 숙소에 돌아와 동영상을 분석하는 것이 하루의 마무리였다. 우리 선수들의 경기와 해외 선수들의 경기는 무슨 차이가 있는지 찾아내야 그날 하루를 마무리하고 잠자리에 들 수 있었다.

봅슬레이 스켈레톤 감독으로 부임한 후 선수단을 꾸리는 동시에 후원사를 적극 찾아 나선 것도 경험을 통해 가장 중요한 급선무라고 생각했기 때문이다.

동계 스포츠는 부자 스포츠다. 썰매 종목은 더 그렇다. 자본이

뒷받침되지 않으면 시작하기도 어렵고 좋은 성적을 내기는 더더욱 어렵다.

2011년 1월 연맹의 감독으로 부임해 열심히 팀을 꾸리며 조직의 꼴을 갖추기 위해 노력하던 중 2012년 첫 번째 위기가 찾아왔다. 어느 날 언론을 통해 감독과 선수 교체설이 터져 나왔다.

세계선수권대회에 도전했지만 성적이 하위를 기록하면서 일각에서는 감독과 선수를 교체해야 하는 것 아니냐는 의견이 나오기 시작했다. 대한봅슬레이스켈레톤경기연맹에서도 "2018 평창동계올림픽에서 메달권에 들기 위해서는 감독과 선수 등을 교체해야 한다"고 말하는 사람들이 하나둘 늘어났다.

대한봅슬레이스켈레톤경기연맹으로부터 감독과 선수 교체가 필요하다는 전화를 받고는 안타깝고 억울한 마음이 들었다. 정작 제대로 된 경기를 치러 보지도 못했는데, 기회를 잃고 말 수는 없었다.

나는 대한봅슬레이스켈레톤경기연맹의 사무처장님께 전화를 걸었다.

"처장님! 저는 감독직을 그만둬도 되지만 선수들은 무슨 죄입니까. 제 선수들에게 마지막 기회를 주십시오. 원하는 썰매 하나와 원하는 날 하나만 사주십시오. 새 썰매와 날로 도전해서 성적이 제대로 나오지 않는다면 그때는 깨끗이 포기하겠습니다."

간곡한 의지가 전해졌는지 연맹에서는 새 썰매와 새 스케이트 날을 구입해줬다. 새로운 장비를 들고 우리는 마지막 경기라는 비장한 마음으로 2012~2013 시즌에 출전했다.

결과는 대 성공이었다. 내 예측이 적중했다.

2013년 3월 미국 레이크플래시드에서 개최된 2013 아메리카컵 8차대회 2인승 경기에서 한국 봅슬레이 역사상 처음으로 국제대회에서 금메달을 획득하는 쾌거를 이룩했다. 파일럿 원윤종과 브레이크맨 전정린은 1, 2차 시기 합계 1분53초91의 기록으로 당시 유력 우승 후보였던 미국팀을 제치고 1위를 했다.

0.33초.

우리 선수가 미국 선수를 이기는데 앞선 시간이다. 눈을 한 번 깜빡이는 시간이 1초라는데 눈 한 번 깜빡이는 시간보다 짧은 0.33초는 얼마나 짧은 시간인가. 그러나 그 시간을 앞서기 위해 우리 선수들은 사력을 다했고 결국 1등의 기쁨을 맛봤다.

금빛 행진은 다음 날에도 이어졌다. 금메달을 획득한 다음날 개최된 2013 아메리카컵 9차대회에서 원윤종, 전정린 선수는 1, 2차 시기 합계 1분53초65로 또다시 1위를 차지하는 저력을 발휘했다. 한국 썰매종목 최초의 국제대회 금메달이었을 뿐 아니라 아시아 최초 2연속 금메달의 진기록이었다. 나는 선수들과 서로 뜨겁게 포옹하며 "해냈다!"는 감격을 만끽했다.

우리는 말 그대로 금의환향을 했다. 떠날 때는 아무도 주목하지 않았던 우리들이었지만 돌아올 때는 달랐다. 인천공항으로 귀국하는데 입국장에 들어서자마자 언론사 카메라 30~40대가 우리를 기다리고 있다가 일제히 플래시를 터트렸다. TV에서만 보던 플래시 세례를 맞으니 감독인 나도, 선수들도 어안이 벙벙했다. 고생스러웠던 지난 시간들이 떠올라 울컥 눈물이 날 것 같았다. 실제로 눈시울이 붉어지는 선수도 있었다. 감독과 선수 교체설은 언제 그랬냐는 듯 눈 녹듯이 사라졌다.

04

한국 봅슬레이가 발전하기
위해서는 국산썰매가 필수

스포츠 팀에서 감독은 아버지와 같다. 선수들이 아무 걱정 없이 훈련에만 전념할 수 있도록 해줘야 할 임무가 있다. 그러기 위해서 가장 절실한 것이 기업의 후원이었다. 기업의 후원을 받기 위해 여기저기 참 많이 문을 두드리고 다녔다. 세계 대회에서 우승하는 것도 불가능한 꿈이 아니라는 생각에 기업들, 체육회 등을 찾아다니면서 후원을 부탁했다.

"세계 대회 우승의 가능성이 분명히 있습니다. 조금만 지원해 주신다면 저희는 분명 메달을 딸 수 있습니다."

그러나 돌아오는 대답은 허무하기 그지없었다. 번번이 "잘하게 되면 지원해주겠다"고 하니 답답할 노릇이었다.

잘 못하는 종목에 지원하면 비인기 종목이라도 성장하고 열매를 맺을 수 있을 텐데, 우리나라는 잘하는 종목에는 지원이 몰리고 비인기 종목은 전혀 지원받지 못하는 '빈인빈 부익부' 현상이 뚜렷했다.

2013 아메리카컵 8, 9차 대회에서 금메달을 획득한 후 언론 인터뷰에서 그동안 안타까웠던 점들을 이야기했다. 그 전에는 아무리 이야기해도 누구도 들어주지 않았지만 금메달을 획득하고 나니 경청해주는 사람들이 많았다.

2014 소치동계올림픽을 앞둔 시기였으니 동계올림픽 금메달을 위해서라도 우리의 이야기를 흘려듣지 않았다.

소치동계올림픽 출정식을 앞둔 2014년 1월 언론에 가장 중요하게 언급한 내용은 썰매에 대한 지원이었다. 선수들의 기량과 기술 등은 동일한데 경기 성적에서 차이가 나는 원인을 면밀히 분석해 보니 문제는 썰매였다.

앞서 이야기했듯 썰매종목은 '얼음 위의 F1'으로 불릴 만큼 장비가 중요하다. 세계 대회에서 우승하기 위해서는 기술력이 집약된 고품질의 썰매가 필수다. 선진국이 썰매 개발에 공력을 다하는 이유다.

봅슬레이 스켈레톤 선진국에서는 유명 자동차 회사들이 자국 선수들을 위해 기술력을 총동원해 썰매를 만들어 제공하고 있다.

나는 언론 인터뷰에서 자국 자동차 기업의 기술이 더해진 썰매에 대한 갈증을 이야기 했다.

"이탈리아는 자동차 회사 페라리에서 만들어준 썰매를 타고, 미국은 BMW에서 만들어준 썰매를 탄다. 우리나라 대표팀에게는 국산 썰매가 없다. 한국의 봅슬레이가 발전하기 위해서는 국산 썰매가 꼭 필요하다. 한국에는 자동차기업 현대자동차가 있으니 현대차가 썰매를 만들어준다면 좋겠다."

나는 늘 운이 좋은 놈이라고 생각한다. 지금까지 어려운 일도 많았지만 결정적인 순간 행운의 여신은 늘 내 편이었다. 어쩌면 행운의 여신이 나를 돌아볼 때까지 노력하며 기다렸는지 모르지만.

나중에 안 사실이지만 운 좋게도 그때 언론 인터뷰가 실린 신문을 현대자동차 정의선 부회장님이 직접 읽고는 내용을 파악하라는 지시를 내렸다고 했다. 만일 그때 기사가 실린 신문을 정 부회장님이 직접 읽지 않았다면 시간이 더 오래 걸렸을지도 모른다. 기업의 일은 잘 모르지만 절차가 위로 올라가기까지 시간이 걸렸을 테고 어쩌면 부회장님에게 내용이 올라가지 않았을지도 모른다. 정 부회장님이 신문기사를 본 뒤 직접 지시해 일사천리

현대자동차가 국산 봅슬레이 썰매를 개발해 국내 봅슬레이 발전에 크게 기여했다.

로 일이 진행됐으니 얼마나 운이 좋은가. 신문기사가 나가고 얼마 되지 않아 현대자동차가 국산 썰매를 개발해보겠다는 제안을 해왔다. 감격적인 순간이었다.

좋은 일은 한꺼번에 온다고, 현대자동차의 제안을 받은 일주일 후 또 하나의 제안이 들어왔다. 외국의 자동차회사 BMW에서 2018 평창동계올림픽 때까지 한국 대표팀에게 자사의 썰매를 지원해 주겠다는 내용이었다.

BMW 썰매는 이미 국제 대회에서 여러 차례 기술력이 검증된 썰매였다. 미국팀이 소치동계올림픽에서 BMW 썰매를 타 은메달과 동메달을 땄기 때문에 최상급 썰매로 이름나 있었다. 매력적인 제안이 아닐 수 없었다. BMW 썰매를 타면 당장 성적을 낼수 있다.

이에 비해 현대자동차 썰매는 어떤가. 아직 아무 실체가 없는 썰매였다. 개발해보겠다는 제안만 받았을 뿐 현대자동차는 썰매를 만들어본 적도 썰매를 만들 수 있는 기술도 아무것도 없는 백지 상태다.

양측의 제안을 동시에 받고 고민이 컸다. 이미 검증된 BMW 썰매냐, 이제 개발을 시작하는 현대자동차 썰매냐. 그러나 고민은 길지 않았다. 결론적으로 나는 현대자동차 썰매를 선택했다.

BMW 썰매는 당장 성적을 낼 수 있지만, 그것은 기한이 정해져 있기 때문에 영원히 우리 것은 아니라는 판단이었다. 후원을 받아 2018 평창동계올림픽까지 BMW 썰매를 탄다고 해도 그 이후는 보장할 수 없다. BMW는 한국이 평창동계올림픽을 주최하는 나라기 때문에 홍보효과 차원에서 우리에게 후원을 제안했음이 분명했고, 평창동계올림픽이 끝나고 나면 다음 개최지인 베이징동계올림픽의 중국으로 후원을 갈아탈 것이 예상됐다.

반면 현대자동차는 이제 개발을 시작하는 단계라 개발이 잘돼 평창동계올림픽에서 썰매를 탈 수 있게 될지 아닐지 아무도 알 수 없다. 그렇다고 당장 성적을 내기 위해 BMW를 선택한다면 평창동계올림픽 이후 또다시 원점으로 돌아가게 된다. 우리나라 썰매 종목의 미래를 생각한다면 우리나라 기업이 우리나라 선수를 위한 썰매를 개발하는 것이 필수이며, 그 시기는 빠를수록 좋다고 생각했다.

한편으로는 애국심도 크게 작용했다. 우리나라에서 열리는 동계올림픽이니 만큼 우리나라 썰매를 타고 메달을 따고 싶었다. 영광의 순간에 우리나라 기업의 썰매가 전 세계인의 눈에 비치게 되길 바라는 마음이었다.

그러나 사실 엄청난 모험이었다. 당장 보장된 우승의 기회를 마다하는 것이기 때문이다. 연맹도 처음에는 반대했다. 썰매 때문에 메달을 놓칠 순 없기 때문이었다. 나는 이 결정이 모험이 아니라 미래를 위한 투자임을 강조해 결국 연맹의 동의를 얻어냈다.

지금도 이 선택은 잘한 선택이라고 생각한다. 당장 먹기에는 생선을 주는 것이 좋지만, 지속적인 생계를 위해서는 낚시하는 법을 가르쳐줘야 하는 것과 같은 이치다.

현대자동차와 2014년 10월 썰매 후원 계약을 체결하고 난 뒤, 선수들과 현대자동차 연구팀은 한마음 한뜻으로 국산 썰매에 대한 염원을 현실화하기 시작했다.

05

현대자동차의 후원으로
국산 썰매 개발의 시동을 걸다

현대자동차는 연구팀을 꾸리고 다양한 자료를 수집해 우리와 긴밀하게 협의하면서 연구를 진행했다. 선수들은 경기장에서 어떻게 썰매를 조정해야 시속이 잘나오는지 등 몸으로 체험한 내용들을 전달하고 연구팀들과 수시로 의견을 주고받았다.

물론 시행착오도 무척 많았다. 자문을 구하는 업체를 선정할 때의 에피소드도 있다. BTC는 미국 BMW에서 썰매를 만들었던 엔지니어 야니스가 자신의 나라인 라트비아로 돌아가 개발한 썰매다. 선수 출신의 엔지니어 야니스는 성능 좋은 썰매를 저렴하게 판매해 못사는 국가선수들도 이 썰매로 강대국들과 경쟁할 수 있도록 하겠다는 뜻을 가진 사람이었다. 최고급 썰매가 한 대당 2

억원 정도인데 야니스가 만든 BTC 썰매는 한 대당 6000만원이었다. 선수 출신 엔지니어가 만들어 선수들이 원하는 디테일이 좋았다. 기록이 좋다보니 세계 선수 80%가 BTC 썰매를 탄다.

나는 현대자동차에 BTC와 계약해 자문을 얻자고 제안했다. 현대자동차 연구원과 함께 라트비아 BTC사를 방문해 야니스를 만났다. 막상 BTC를 가보니 장인의 작업실 같은 분위기였다. 야니스가 일일이 망치로 두드려 한 대 한 대 만드는 곳이었다. 수작업으로 만들다 보니 10대면 10대가 다 조금씩 성능이 다른 것이 특징이었다. 현대자동차 측은 BTC와 자문 계약을 맺는 것에 난색을 표했다. 결국 여러 계산 끝에 독일의 빔머와 자문 계약을 맺었다.

현대자동차 양웅철 부회장님은 현대자동차가 좋은 썰매를 만들어낼 것을 믿고 연구팀과 우리 선수들을 동시에 격려해주신 고마운 분이다. 개발 과정에서 선수들을 초청하는 회식 자리를 여러 차례 마련하고 소주를 따라주며 격려해주셨다.

양웅철 부회장님은 항상 "처음 시작했으니 반드시 좋은 썰매를 개발하겠다. 선수들은 열심히 운동에 힘써 달라"고 따뜻하게 말씀해주셨다.

현대자동차가 아니었다면 우리 봅슬레이가 평창동계올림픽에서 금메달을 따는 감격의 순간을 맞이하기 어려웠을지 모른다. 현대자동차는 국산 썰매 개발과 동시에 대표팀에 장비를 꾸준히 후원했다.

현대자동차는 단지 썰매를 만들어주는 역할이 아니라 우리 봅슬레이가 이론적으로나 기술적으로 한 단계 업그레이드 될 수 있도록 견인했다. 만일 현대자동차의 이론적인 연구가 아니었다면 우리 선수들은 썰매의 원리를 제대로 모르고 본능에만 의지해 썰매를 탔을 것이다.

그러나 현대자동차와 협업하면서 함께 세계의 논문을 읽고 썰매의 작동원리를 기술적으로 알게 됐다. 이론과 실제를 조합해 어떻게 하면 봅슬레이를 세계 정상에 올릴 수 있는지, 좋은 썰매를 선별하는 노하우 등에 관한 지식을 가질 수 있게 됐다.

함께 썰매를 개발하는 과정을 거치면서 선수들 역시 한 계단 더 성장했다. 선수들은 BMW 썰매가 눈앞에 뚝 떨어졌을 때와는 다른 태도를 가질 수밖에 없었다. 물고기를 주는 게 아니라 낚시하는 법을 알려준 셈이다.

2014년 10월, 6개월의 개발 끝에 현대자동차 썰매가 처음 세계에 공식적으로 첫모습을 드러냈다. 현대자동차는 탄소섬유 강

현대자동차가 개발한 봅슬레이 썰매를 선수들에게 인도하고 있다.

화 플라스틱을 활용한 특수공법으로 강도가 높은 고성능 썰매를 개발했다. 우리나라를 상징하는 태극문양과 KOREA라는 글자가 선명한, 실버와 블루 컬러가 어우러진 썰매다. 국제봅슬레이스켈레톤경기연맹(IBSF) 유러피언컵 8차 대회에 출전한 원윤종이 첫 실전 테스트를 했는데 최고 시속 103.49km로 출전한 36개 팀 중 13위의 기록을 냈다. 물론 메달권은 아니지만 첫 테스트임을 감안하면 나쁘지 않은 성적이었다.

비록 2018 평창동계올림픽에서는 좌고우면(左顧右眄) 끝에 라트비아 BTC사의 엔지니어가 제작한 썰매를 선택했지만, 이는 썰매의 성능 차이 때문이 아니라 출전 선수들이 느끼는 심리적 편안함 때문이었다. 선수들은 자신들이 이미 실전에서 메달을 딸 때 타봤던 썰매를 편안하게 느끼는 심리가 있다. 전 국민의 기대가 쏠리는 2018 평창동계올림픽이니 만큼 심리적으로 익숙한 BTC 썰매를 타고 싶어 하는 선수들의 의견을 존중해 내린 결정이었다.

현대자동차 썰매는 성능에서 이미 세계적인 수준으로 완성됐고, 현대자동차의 열정으로 출시 이후 기술적인 보완을 지속적으로 더해 수준을 더 끌어올리고 있는 상태다. 비록 평창동계올림픽에서 현대자동차 썰매를 선보이지 못했지만, 앞으로 세계 대회에서 우리나라 선수뿐 아니라 세계 선수들이 우리나라 현대자동차가 개발한 썰매를 타고 국제무대에서 질주하는 것은 시간 문제다.

06

무모한 도전이 아니라
가능한 도전에 도전하라

2011년 처음 대표팀을 맡아 팀을 이끌기 시작했을 때 "선수들과 함께 동계올림픽에서 금메달을 딸 거야"라는 거창한 목표 같은 건 없었다.

올림픽에서 금메달을 따겠다는 목표를 세웠다면 아마 지금까지 장거리 레이스를 달려오기 전 지쳐서 포기했을지도 모른다. 목표의 무게가 너무 무거워서 감당하기 어려웠을 것이다.

처음부터 금메달을 딸 목표를 세웠다면 최고급 썰매가 필요하고, 선수는 20~30명이 필요하고, 코칭 스태프진은 10명이 필요하고, 이를 위한 비용은 수십억원이 필요하다. 대한봅슬레이스켈레톤경기연맹에 "금메달을 따기 위해 이만큼의 지원이 필요합니다"라고 요청했다면 말도 안 되는 소리를 한다고 콧방귀를 뀌었을 게 분명하다. 그 시절에는 전혀 맞지 않는 계획이었다. 썰매는 한 대도 없었고 감독 1명에 선수 6명이 전부였던 때였으니, 선수 20~30명에 코칭 스태프 10명은 꿈만 같은 이야기였다.

나는 거창한 목표를 세우는 것보다는 눈앞에 놓인 작은 목표를 실현하기 위해 노력했다. 목표를 세분화해 "아메리카컵에 진출하겠다, 월드컵 결선에 진출해서 10위 안에 들겠다" 등 단기간 안에 실현 가능한 목표를 세우고 이를 실현하기 위해 일을 진행했기에 포기하지 않고 한 걸음씩 나아갈 수 있었다.

아메리칸컵에서 금메달을 따기 위해서 5000만원을 후원받아야 한다면 월드컵에서 금메달을 따기 위해서는 10억원이 필요하다. 연맹이나 기업들은 5000만원 정도는 후원해줄 수 있다고 생각할 수 있지만 10억원을 후원해야 한다고 하면 생각해볼 것도 없이 거절했을 게 분명하다.

아메리칸컵에서 메달을 딴 뒤에는 1억원의 비용이 필요한 플랜을 가동하고, 그 이후에는 2억원의 비용이 필요한 플랜 등으로 단계를 올렸다.

현재 대한봅슬레이스켈레톤경기연맹의 식구들은 총감독인 나를 비롯해 선수 30명, 코칭 스태프진 10명 등 40명으로 늘었다. 처음 출발할 때 감독 1명, 선수 6명이 전부였던 것과 비교하면 놀라울 만한 성장이다.

그렇게 눈앞의 작은 목표를 향해 달려온 결과 2018년 평창동계올림픽까지 도전해 '스켈레톤 금메달, 봅슬레이 은메달'이라는 성과를 낼 수 있었다.

07

나를 되돌아보게 한 CBS 세바시 방송

2017년 11월 강원도청에서 연락이 왔다. 2018 평창동계올림픽과 관련하여 CBS TV '세상을 바꾸는 시간 15분'(이하 세바시) 강연을 해달라는 요청이었다. 그동안 대학에서 강의는 해보았지만 일반인을 대상으로 하는 강연은 처음이었기에 해야 할지 말아야 할지 고민했다. 다가올 올림픽에서 어떠한 결과가 나올지 모르는 상황에서 전 국민이 보는 방송에서 강연을 한다는 것이 부담스러웠다. 하지만 자신을 되돌아보고, 평창올림픽을 준비하는 데 도움이 될 것 같아 수락했다.

전지훈련이 끝나 인천공항에 도착하자마자 바로 방송을 진행하기 위해 방송국으로 향했다. 약간은 떨렸지만 내가 걸어온 길

'세상을 바꾸는 시간 15분' 강연에서 봅슬레이 스켈레톤 감독을 맡아
대표팀을 이끌어 온 과정을 설명하고 있다.

을 편안하게 이야기하면 되겠다는 생각이 들었다. 강연내용을 프린트하여 3일간 들고 다니면서 외웠는데, 막상 무대에 서니 머릿속이 하얘졌다. 어떤 말을 먼저 해야 할지 안절부절이었다.

"안녕하세요. 봅슬레이 스켈레톤 이용 총감독입니다" 하고 인사를 하고 나니 나도 모르게 말문이 터졌다. 내 인생을 15분에 다 이야기해야 한다는 생각을 버리고 내가 봅슬레이 스켈레톤을 위해 걸어온 길들을 천천히 이야기하다보니 강연을 성공적으로 마칠 수 있었다.

세바시 강연을 하면서 많을 걸 깨달았다. 평창올림픽을 준비하면서 훈련에 몰입하느라 우리가 걸어온 길을 잊고 있었다. 우리가 한 팀이라는 사실을 잊고 성적에만 몰두하고 있었다. 우리 팀의 힘은 '우리가 하나라는 생각과 같이 하고자 하는 사명감'에 있었다. 그런데 어느 순간 성적에만 집중하면서 우리가 하나임을 잊고 있었다. 세바시 강연은 나에게 우리가 하나라는 사실을 다시 상기시켜 주었다.

나는 평소 선수들에게 '우리', '같이', '밀어주고 끌어주고' 같은 단어를 자주 썼다. 세바시 강연을 통해 옛날 일들을 떠올리면서 잊고 있었던 처음의 순간들과 우리라는 공동체 의식을 다시 되새길 수 있었다.

3

사람 중심,
신뢰의 리더십

01

명령이 아니라
믿음으로 움직이는 배

흔히 운동경기는 감독놀음이라는 말을 한다. 감독이 어떤 인재를 영입하느냐, 어떤 용병술을 쓰느냐가 중요함을 강조하는 말이다. 용병술을 제대로 쓰기 위해서는 뛰어난 선수와 코칭 스태프진이 필수다.

대한민국 봅슬레이 스켈레톤 선수들은 어느 운동팀 중에서도 뛰어난 팀워크를 자랑한다. 전 팀원이 똘똘 뭉쳐 마치 친형제지간보다 깊은 우애를 가지고 있다. 우애가 좋으니 팀 분위기가 좋고 팀 분위기가 좋으니 성적으로 연결된다.

이 같은 분위기가 만들어질 수 있었던 것은 나를 믿고 따르는 선수들이 있었기에 가능했다. 선수들은 내가 가르치는 대로 습자

지처럼 모든 것을 흡수했다. 단 1%의 의구심도 가지지 않고 나를 믿고 따라왔다.

나 역시 마찬가지다. 힘들 때면 나 역시 선수들을 생각했다. 내가 힘들다고 포기한다면 나를 형처럼 따르는 선수들은 과연 어디로 갈 것인가. 그런 생각이 나를 다시 뛰도록 만들었다.

물론 내가 포기한다면 내 자리는 곧 다른 지도자가 와서 채울 것이 분명하다. 그러나 내 평소 신념이 포기를 허락하지 않았다. 나는 한 번 시작했으면 끝이 어디까지인지 가봐야 직성이 풀리는 성격이다. 이 길의 끝에 무엇이 있는지 내 눈으로 똑바로 지켜보자는 마음이 나를 계속 걸어가게 했다.

어렵고 힘든 때일수록 선수들을 보면서 힘을 냈다. 선수들이 포기하고자 했다면 나도 무너졌을 텐데 나는 선수들을 보고 힘을 내고 선수들은 나를 믿고 끝까지 따라와 주었다. 그렇게 서로의 등대가 돼 서로를 이끌면서 스켈레톤 금메달, 봅슬레이 은메달의 기쁨까지 함께할 수 있었다.

주위에서 '이용의 리더십'이 무엇이냐는 질문을 받곤 한다. 선수 관리를 어떻게 하느냐는 질문도 많이 받았다. 불모지에서 금메달과 은메달을 일궈낸 것은 분명 기적이기 때문일 것이다.

리더십이라고 거창하게 이야기할 만한 것을 가지고 있지 않지만 내가 중요하게 생각하는 것은 분명히 있다.

나는 평창동계올림픽에서 봅슬레이 스켈레톤 국가대표팀 총감독이라는 직책을 맡아 일했다. 총감독이라는 것은 팀의 가장 위에 있는 리더다. 내 밑에는 부감독, 코칭 스태프 등이 있기 때문에 내 지휘가 가장 큰 영향력을 발휘한다. 어떤 사안에 있어서 무조건 하라고 할 수 있는 자리다. 그러나 나는 리더십이라는 것이 상명하달의 방식으로 만들어질 수 없다는 것을 안다. 리더십이라는 것은 무조건적인 지시가 아니라 믿음과 신뢰가 가장 중요하다고 생각한다.

무조건적인 명령으로 선수들을 끌고 간다면 처음에는 따라오겠지만 결국에는 실패로 돌아갈 것이 분명하다. 선수들의 자발성이 빠져 있기 때문이다. 나는 선수들이 나를 믿고 자발적으로 따라오게 하는 리더십이 중요하다고 믿고 그 믿음하에 모든 일들을 결정했다. 한 마디로 하면 신뢰의 리더십이라고나 할까.

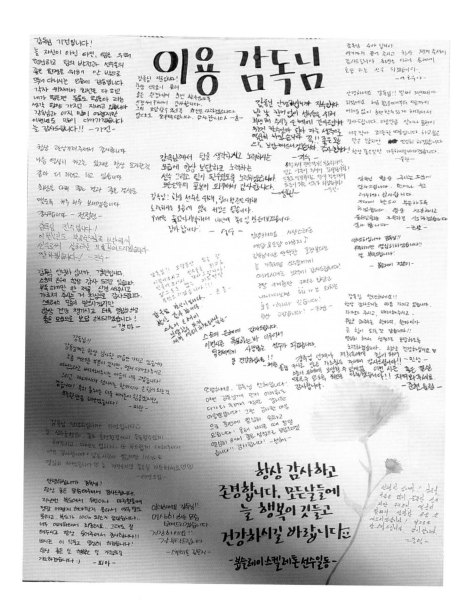

선수들이 보내준 롤링페이퍼.

02

개인이 아니라 팀이 먼저다

해외 코치진이 우리나라 선수들의 훈련 모습을 보면 깜짝 놀라고 만다. 오전에 다 같이 모여서 일사분란하게 식사를 하고, 오전 훈련을 다 함께 한 다음 오후 훈련을 하는 모습은 그들에게는 신기에 가까운 일이다. 각자의 개성을 존중하는 해외의 경우 다 함께 모여서 밥을 먹고 훈련을 한다는 것은 있을 수 없는 일이다. 그렇다보니 강도 높은 훈련을 연일 이어가는 우리 선수들을 보면 "도대체 어떻게 하면 그럴 수 있느냐"는 질문을 자주 한다.

그 비밀은 한국인의 특성과 나의 철학이 결합된 결과라고 생각한다.

한국인은 기본적으로 개인보다는 공동체를 먼저 생각하는 의

식이 밑바닥에 깔려 있다. 농경사회를 이루고 살았던 무의식이 면면이 이어져 내려온 결과일 것이다. 우리나라, 우리 엄마, 우리 선수처럼 나보다 우리를 앞세우는 것이 한국인이다.

여기에 더해 나는 우리 팀이 개인을 내세우는 것을 원하지 않았다. 철저하게 한 팀으로 똘똘 뭉쳐 굴러가기를 바란다. 그렇기에 우리 팀에서는 개인이라는 건 없다. 스폰서 제안이 들어와도 개인에게 오는 제안은 거절한다.

선수들이 총 30명이라고 했을 때 잘하는 선수가 5명, 중간이 10명, 하위가 15명 정도 비율을 차지하고 있다. 잘하는 선수 중심으로 팀을 이끌어 가는 것은 너무 쉬운 일이다. 그러나 나는 잘하는 선수들 중심이 아니라 모든 선수들을 똑같이 대우한다. 중하위권 선수들이 소외받아서는 안 된다고 믿는다. 선두부터 하위까지 모든 선수들이 다 같이 한 팀으로 똘똘 뭉쳐야 말 그대로 팀이라고 할 수 있다.

최근 몇 년 동안 한국의 봅슬레이 스켈레톤에서 두각을 나타내는 강력한 메달권 선수는 세 손가락에 꼽힌다. 세계 대회에서 메달을 따 유명해진 선수들이다. 이들 선수들은 연봉이 억대를 넘기기도 하고 기업의 후원제안도 쏟아져 들어온다. 만일 선수 개인에게 들어오는 후원제안을 모두 받아들였다면 상위그룹 선수들의 연 수익은 더 많아졌을지 모른다. 그러나 나는 상위권 선수들 개인에게 들어온 후원제안을 모두 거절했다. 나는 개인에게 후원을 하겠다고 제안하는 기업에게 "모든 선수에게 후원해주세요"라고 말하곤 했다.

내가 선수들에게 늘상 강조하는 것은 단체의 중요성이다. 만일 잘나가는 선수들의 후원을 용인했다면 선수 몇 명은 기분이 좋았겠지만 팀의 분위기는 깨지고 만다.

생각해보라. 팀에는 잘나가는 선수들만 있는 게 아니다. 선수가 50명이면 1등부터 50등까지 있는 게 당연하다. 모두가 다 1등을 할 순 없다. 잘하는 선수가 못하는 선수가 함께 어울려 서로에게 자극을 주고 이끌어주는 것이 팀워크다.

팀 전체가 잘 먹고 맘 편히 운동에만 집중할 수 있도록 하는 게 감독으로서 내가 해야 할 일이다. 만일 부모님이 공부 잘하는 형에게만 전폭적으로 지원하고 공부 못하는 동생에게는 아무 지원을 안 해준다면 어떨까. 아마도 집안 분위기는 엉망이 될 것이다.

국가대표 감독은 한 사람의 스타를 키우는 사람이 아니라 국가를 대표하는 선수군을 키우는 사람이다. 프로야구나 프로배구 프로농구처럼 프로선수를 키우는 게 아니라 국가를 대표하는 선수를 키워야 하는 사람이기 때문에 단체를 중심에 둬야 한다. 그것이 스포츠 정신이다. 스포츠정신은 우승하는 한 사람보다 함께 하는 선수들이 있어야 완성되는 드라마다. 우승하는 한 선수로는 드라마가 완성되지 않는다. 과거에는 뛰어난 한두 명의 노력으로 지금에 이르렀지만 이제는 한두 사람의 성장이 아니라 우리 팀이 성장해야 한다. 그것이 감독으로서 해야 할 역할이고 중점을 두는 부분이다.

어떤 분들은 "잘하는 선수를 밀어주는 것이 프로의 세계다. 프로의 세계는 냉정하다"라고 할지도 모른다. 그러나 봅슬레이 스켈레톤에서 만큼은 세상의 룰을 적용하고 싶지 않다. 아니, 세상의 룰이 적용되지 않는 곳이 한 곳이라도 있어야 하지 않을까 생각한다.

능력이나 인성이냐, 직장에서도 직원을 뽑을 때 이 두 가지를 놓고 고민할 것이다.

"능력은 있는데 인성이 엉망인 직원을 뽑을 것인가, 능력을 떨어지지만 인성은 괜찮은 직원을 뽑을 것인가."

아마도 기업의 논리라면 인성보다는 능력이 우선일 것이다. 당장 돈을 벌어오고 실적을 내는 직원을 뽑아 회사의 이익을 극대화해야 하는 것이 기업의 논리다. 그러나 봅슬레이 스켈레톤은 기업이 아니다. 나는 기업가가 아니라 대표팀 감독이다. 가능성 있는 선수들을 발견하고 이들이 재능을 꽃피울 수 있도록 가꿔주는 역할을 하는 사람이다. 그렇기에 더더욱 나는 능력보다 인성이 중요하다고 믿고 이 같은 믿음으로 지금까지 팀을 꾸려왔다.

나는 항상 선수들에게 강조하고 강조했다.

"잘하는 선수든 못하는 선수든 우리 팀 모두가 잘돼야 한다. 우리 팀에 개인은 없다. 우리는 모두 하나다."

선수들도 그런 내 뜻을 잘 따라주었기에 팀의 분위기가 잘 유지될 수 있었다.

잘하는 선수들은 못하는 선수들을 배려하고, 못하는 선수들은 잘하는 선수들이 더 잘할 수 있도록 돕는다. 상위권 선수들이 경기를 앞두고 있으면 하위권 선수들이 장비를 들어주고 날을 닦아주며 "형들은 내일 경기에 최선을 다하세요"라고 응원한다. 누가 시켜서 하는 게 아니라 선수들이 자발적으로 그렇게 한다. 잘하는 친구들은 이 같은 지지를 받고 있으니 책임감에서라도 경기에서 더 열심히 최선을 다한다. 그렇게 우리 팀은 한마음 한뜻으로 똘똘 뭉쳤다.

"우리가 다 같이 함께 가는 오래 가기 위해서는 우리 팀에서 그 누가 됐건 좋은 성적이 나와야 한다. 그래야 막내까지 좋은 여건에서 훈련할 수 있다."

  내가 선수들에게 늘 강조했던 이야기다. 세계 랭킹이 10위에
서 5위로, 5위에서 3위로, 3위에서 1위로 점차 상위로 올라가면
서 우리에 대한 대우가 달라지는 걸 보면서 선수들이 나에게 와
서 "감독님이 하신 얘기의 의미를 이제 알겠다"고 했다.

03

재능이냐 열심이냐 그것이 문제

선수를 양성해 보니까 선수에게는 두 가지 스타일이 있다. 하나는 타고난 재능이 있는 선수이고, 또 하나는 재능은 없어도 열심히 하는 선수다.

물론 재능 있고 열심히 하는 선수가 있지만, 재능과 열심 중 하나만 고르라고 하면 나는 주저 없이 열심을 고를 것이다.

나는 재능이 없어도 열심히 하는 선수를 좋아한다. 재능 있는 선수는 내가 아니라도 자신의 재능을 발휘할 수 있고, 그 재능을 높이 평가하는 다른 주변의 도움을 얼마든지 받을 수 있다. 그러나 재능은 없지만 열심히 하는 선수는 불행히도 처음에는 아무도 거들떠보지 않기에 세상에 빛을 발하기는 쉽지 않다. 나는 재능

2016년 7월 경포대에서 해변훈련 후 기념사진을 촬영했다.

있는 친구들 외에도 열심히 하는 친구들까지 끌어안으려고 한다. 그리고 재능은 없지만 열심히 노력하는 선수들에게 나는 항상 이렇게 이야기해준다.

"꾸준히 열심히 하면 기회가 반드시 온다."

그렇다고 내가 재능 있는 선수를 싫어한다는 얘기는 아니다. 재능 있는 선수들은 나에게 기쁨의 눈물을 흘리게 해주고, 재능은 없지만 열심히 하는 친구들은 내게 슬픔의 눈물을 흘리게 해준다. 재능 없는 선수는 운도 따르지 않을 때가 많아서 정말 열심히 했는데도 대회에서 썰매가 전복되는 불운을 겪기도 한다.

그러나 나는 열심히 하는 선수들을 눈여겨보고 반드시 기회를 준다. 열심히 하면 반드시 자신의 능력을 발휘할 수 있는 기회가 생긴다는 걸 아는 선수들은 누가 시키지 않아도 열심히 최선을 다해 자신의 한계에 도전한다.

자기주도학습법이라는 게 있다. 자기주도학습은 학습자가 스스로 자발적으로 자신의 학습계획을 세우고 스스로의 의지에 따라 실행하는 것을 말한다. 소를 우물가로 데려갈 순 있어도 물을 마시게 할 순 없다.

나는 선수들이 감독 및 코치진이 시켜서가 아니라 스스로 자신의 의지에 따라 운동할 때 가장 큰 효과가 난다는 것을 안다. 재능은 없지만 기회를 얻은 선수들은 누가 시키지 않아도 최선을 다한다.

열심히 하는 선수를 눈여겨보고 기회를 준다는 소문이 난 뒤로는 우리 팀에 오고 싶어 하는 선수들이 많아졌다.

이런 내 철학은 아마도 내가 자란 환경의 영향이 큰 것 같다. 나는 어려운 가정환경에서 자라나 우여곡절을 겪으며 한 걸음씩 걸어서 여기까지 왔다. 어려운 환경에서도 꿈을 가지고 열심히 운동하는 선수들을 보면 어떻게든 돕고 싶어진다. 그들을 돕는 것이 내게 주어진 역할이기에 나는 눈을 크게 뜨고 선수들에게 숨어 있는 가능성의 싹을 찾아내 물을 주고 가꾸고 돌본다. 정성껏 돌보면 선수들은 반드시 성장한다. 천재보다는 꾸준함이 승리한다는 것을 나는 지금까지 짧다면 짧고 길다면 긴 선수생활과 감독생활을 통해 터득했다.

선수뿐만 아니라 코칭 스태프를 선발할 때도 마찬가지 기준을 적용했다. 영상분석가, 육상코치, 웨이트코치, 피지컬 트레이너, 팀 닥터, 영양사 등을 선발할 때도 인성을 최우선으로 했다. 실력은 만들 수 있어도 인성은 만들 수 없다. 최고 기술자와 실력은 조금 부족하지만 열심히 하는 사람이 있으면 나는 열심히 하는 사람을 택한다. 실력이 있는 경우 대부분 고집까지 가지고 있다. 팀의 운영에 있어서 고집은 적이다. 팀워크에 있어서 어떤 한 사람이 고집을 부리면 그 팀은 제대로 운영되기 어렵다. 함께 토론하고 시도하고 장단점을 찾고 다양한 시도를 위해서 인성이 필수다.

04

나의 별명은 그림자 감독

어느 언론에서 나를 지칭해 '그림자 감독'이라고 한 기사를 읽은 적이 있다. 언론에 하도 얼굴이 나오지 않아 그림자 감독이라고 부른다고 했다. 2018 평창동계올림픽에서 금메달 한 개와 은메달 한 개를 딴 자랑스러운 우리 선수들을 보며 지도자라는 입장을 떠나 자식이 잘되는 걸 보는 부모의 흐뭇한 마음이 들었다. 아버지는 자식이 빛나는 걸 보는 게 행복하다. 내가 이끄는 대로 부모처럼 형제처럼 잘 따라와준 선수들이 고맙고 대견하다. 선수와 감독 사이에 단단한 신뢰가 형성돼 있었기에 가능했던 일이다.

우리 선수들에게 기자들이 "이용 감독은 어떤 사람이냐"고 질문하면 선수들이 가장 많이 얘기하는 단어는 '희생'이라는 단어다.

선수들은 하나 같이 "우리 감독님은 선수들을 위해 희생을 하는 사람"이라고 말한다.

만약 우리 봅슬레이 스켈레톤 팀 선수들이 성과를 낼 때마다 내가 언론에 나가서 인터뷰를 했더라면 나는 좀 더 유명한 감독이 됐을지 모른다. 그러나 그랬더라면 선수들과의 믿음과 신뢰는 희미해졌을지 모른다.

국제경기에서 선수들이 메달을 따면 감독과 헤드코치가 앉아 있는 미디어박스에 카메라를 비친다. 그동안 음지에서 고생한 감독이 누구라는 것을 자연스럽게 알리는 시간이다. 감독과 헤드코치의 모습이 카메라에 비치면 관객들이 박수를 보낸다. 감독으로서 무척 뿌듯하고 보람을 느끼는 시간이다.

나는 그 자리에 앉아서 내 얼굴을 내미는 것이 맞지 않다고 생각했다. 그 자리에는 나보다 더 음지에서 묵묵히 일해온 다른 코치진이 조명 받아야 한다고 생각했다. 나는 꼭 그 자리가 아니더라도 총감독으로서 미디어데이나 인터뷰를 통해 사람들에게 얼굴을 내밀 기회가 주어진다. 그러나 나머지 스태프들은 그 자리가 아니고서는 사람들에게 얼굴을 보여줄 일이 거의 없다.

선수들의 경기를 미디어박스가 아닌 관중석에서 지켜보고 있다.

물론 총감독으로서 세상 사람들에게 나를 알리고 싶은 욕심이 없지 않다. 그러나 나는 대표팀의 경기에서 미디어박스에 총감독인 나는 물론 헤드코치, 세컨코치가 그 자리에 서지 않도록 했다.

대신 영상분석가, 육상트레이너, 팀 닥터 등 스태프를 그 자리에 서게 한다. 나나 헤드코치, 세컨코치는 지시를 하지만 실제 발로 뛰는 사람들은 그들이다. 총감독이나 헤드코치 정도는 팬이라면 이름 정도는 알고 담당기자라면 얼굴까지 알고 있다. 그러나 나머지 스태프는 누가 누군지 아무도 아는 사람이 없다. 이 스태프들에게도 얼굴을 알릴 기회를 줘야 한다고 생각했다.

연맹에서는 나에게 "미디어박스에 왜 총감독이 서 있지 않느냐? 스포츠종목에선 스타가 있어야 계속 발전한다. 이용 총감독이 계속 얼굴을 알려야 하는데 왜 미디어박스 기회를 활용하지 않느냐"고 의아해했다.

흔치 않은 일이기에 연맹의 반대까지 있었지만 나는 미디어박스에 스태프를 세우는 일을 계속 했다. 선수들이 금메달을 딴 후 카메라가 미디어박스를 비췄을 때 기뻐하는 스태프들의 얼굴이 화면을 통해 방송되면서 팀원들의 자부심이 더 커지는 것은 느꼈다. 화면에 얼굴이 나오자 스태프들의 가족, 친구들이 캡처해 자신의 SNS에 공개하며 자랑스러워했다. 그 모습을 보는 스태프들이 얼마나 뿌듯해했는지 표정만 봐도 다 알 수 있었다. 기뻐하는 그들의 모습을 보면서 정말 잘한 선택이었다고 다시 느꼈다. 감격의 순간에 TV 화면을 통해 자신들의 얼굴이 세계인에게 비치자 그 자리에 선 코칭 스태프들의 환호는 이루 말할 수 없다. 그들의 가족 역시 메달의 기쁨을 몇 배 더 깊이 만끽한다. 팀 구성원 개개인이 자신이 하는 일에 더 책임감을 가지게 되고 그 차이가 더 좋은 결과로 이어진다.

언론사 기자들의 인터뷰 요청이 올 때도 "우리 스태프들 중 흥미로운 친구들이 많으니 나보다는 그들에게 관심 가져달라"고 이야기한다.

리더십이라는 게 내가 리더십이 좋으니 나를 따라오라고 한다고 생기는 건 아니다. 나는 내 리더십을 강조하기보다 조직의 구성원의 입장에서 생각하고 그들에게 필요한 것들을 해주려고 노력한다. 구성원들이 인정하는 리더십이 진정한 리더십이라고 생각한다.

'그림자 감독'이라는 별명이 나는 좋다. 우리 조직원들이 나를 "늘 희생하는 감독"이라고 얘기하는 것도 뿌듯하다.

2018 평창동계올림픽에서 우리 선수들이 금메달, 은메달을 따

던 감격의 순간에도 TV 화면에는 우리 팀의 코칭 스태프 얼굴이 전파를 탔다. 결국 금메달을 일군 원동력은 팀워크이며 그 팀워크를 위해서라면 나는 언제라도 그림자 속에 남아 있어도 좋다.

05

언제나 자신을 믿어라

우리 선수들이 첫 대회에 나가서 썰매가 뒤집어졌을 때 나는 좌절감 때문에 감독직을 포기하고 싶은 마음이 든 적이 있다. 그때 내 마음을 스쳤던 생각이 있다.

'내가 아니면 어떤 다른 감독이 와서 가르칠 텐데, 만일 그 감독이 해낸다면 나는 역시 할 수 있지 않을까?'

그 순간 내가 나 자신을 믿지 않았다는 것을 알았다. 이렇게 해야 하나, 저렇게 해야 하나 궁리했지만 정작 나 자신에 대한 믿음을 끝까지 가지지 못했다. 나 자신을 믿고 공부하고 강해졌어야 했는데 나 자신을 믿지 못하니 작은 좌절에도 크게 흔들렸다.

다시 시작하자고 마음먹고 외국인 코치들을 쫓아다니면서 묻고 배우고 연구했다. 영어가 유창하진 않았지만 처음에는 날씨 얘기로 시작해 썰매 얘기, 썰매의 날 얘기 등을 이끌어냈다. 선수들을 훈련시키고 밤이면 숙소로 돌아와 다른 나라 선수들의 경기 영상을 보면서 연구하고, 연구 자료를 읽으면서 연구를 거듭하다 보니 나 자신에 대한 믿음이 점점 강해지는 걸 느꼈다.

봅슬레이 스켈레톤에 대해 더 많이 알게 되면 될수록 자신감이 쌓여갔고, 나 자신에 대한 믿음 또한 커지는 것을 알게 됐다.

만일 내가 감독으로 부임한 후 첫 경기에서 선수들의 전복을 맞아 좌절하고 포기했다면 그걸로 내 인생에서 봅슬레이와 스켈레톤은 끝이 났을 것이다. 그러나 나는 포기하지 않았고 다시 도전했다.

매번 실패를 겪으면서도 다시 도전할 수 있었던 것은 내가 알고 있는 지식과 경험이 왜 현실화되지 않는지에 대한 해답을 알고 싶어서였다. 그 답을 찾기 위해 무수히 많은 실패를 겪었지만 그 실패는 그냥 없어지는 것이 아니라 나와 우리 선수들의 몸과 기억 속에 차곡차곡 실력으로 쌓였다.

선수들에게 늘 강조한다.

"너의 성공을 믿어라."

"너의 잠재력을 믿어라."

"조금도 의심하지 말아라."

게다가 좌절의 순간이 어쩌면 성공으로 가는 길을 안내해줬다는 것도 이제야 알겠다. 좌절의 고통을 겪었기에 다시 시작해 더 큰 시너지를 낼 수 있었다. 처음 시작해 바로 성공하는 것보다 좌절을 겪는 것이 더 좋다는 것을 지금은 안다. 그러나 다시 좌절하라고 하면 피하고 싶어질 것은 분명하다. 나도 사람이니까.

06

'무한도전'과 유재석에게 한 수 배우다

2017년 4월, MBC 예능 프로그램 '무한도전'에 우리 봅슬레이 팀이 출연한 적이 있다. '무한도전'은 '2018 평창동계올림픽' 특집을 통해 유재석의 '잘생긴 루저팀'과 박명수의 '못생긴 위너팀'으로 나눠 봅슬레이 대결을 펼쳐 대중들에게 봅슬레이 종목을 알리는데 큰 역할을 해주었다.

'무한도전'을 촬영할 때도 에피소드가 있다. 김태호 PD가 프로그램 출연을 의뢰하기 위해 나를 찾아왔다. 나는 워낙 집에서 TV를 보고 있을 시간이 없었기에 미안하게도 김태호 PD의 얼굴을 알지 못했다.

게다가 김태호 PD는 전혀 PD 같지 않게 덥수룩한 수염을 하고 나타났기에 그 사람이 누군지도 모르고 이야기를 나눴다.

김태호 PD는 '무한도전'에서 아이스하키와 봅슬레이를 함께 다루고 싶다고 이야기했다. 1, 2부로 나눠서 1부는 봅슬레이와 아이스하키를 방송하고, 2부는 컬링과 쇼트트랙을 방송하겠다고 계획을 밝혔다.

"우리 종목 하나만 나가는 것이 아니면 하지 않겠습니다."

"평창동계올림픽을 홍보하기 위해 동계 종목을 홍보하는 자리인데, 왜 안 하려고 하는 거지요?"

김태호 PD는 '우리는 '무한도전'인데 이 사람 뭐지?' 하는 황당한 표정이었다.

"1부 전체에 걸쳐 봅슬레이를 다루는 게 아니면 우리는 출연하지 않겠습니다."

물론 나는 속으로 '무한도전'에 나가고 싶었다. 선수들도 나가고 싶어 하는 눈치가 역력했다.

그러나 예측해본 결과 '무한도전'이 1시간짜리 프로그램인데 아이스하키와 봅슬레이 2개 종목을 다룬다면 오프닝 20분을 빼고 우리에게 약 20분 정도의 분량밖에 주어지지 않게 된다. 그럼 나가서 봅슬레이가 무엇인가를 보여주고 말고 할 시간도 없이 끝나게 될 것이 분명했다. 그렇다면 봅슬레이를 알리는 효과가 미

비해 하나마나한 분위기가 될 것이다.

그래서 나는 한 회를 통째로 봅슬레이만 다뤄줄 것을 제안했다.

김태호 PD는 "생각해볼 시간을 달라. 회의해보고 연락하겠다"고 했고, 며칠 후 "그렇게 하자"고 연락을 해왔다.

'무한도전'을 찍으면서 김태호 PD와 유재석 씨를 가까이 보게 됐는데 촬영을 하다 보니 왜 '무한도전'이 장수 프로그램인지를 새삼 느꼈고, 그들이 진짜 대단한 사람들이라는 걸 알게 됐다.

그중 가장 놀랐던 것은 촬영이 대본 없이 진행이 된다는 점이었다. 봅슬레이 선수들은 방송을 해본 적이 없으니 당연히 카메라가 지켜보는 상황이 어색하고 부자연스러웠다. 그럴 때면 유재석 씨가 나서서 딱딱하게 굳어있는 선수들의 분위기를 풀어주고 자연스럽게 방송 분량을 이끌어내는 거였다.

유재석 씨는 겉으로 봐서는 부드러워 보이지만 내면은 무척 단단하고 강하다는 것을 알 수 있었다. 전형적인 외유내강 스타일이었다. 박명수, 양세형 등 다른 멤버들을 이끌 때도 강요하지 않고 자연스럽게 하는 것을 알 수 있었다. 자유로운 촬영 분위기 속에서도 다른 멤버들이 리더 유재석에게 강한 믿음을 가지고 있다는 것이 느껴졌다. 그런 믿음이 있기에 다른 멤버들이 거리낌 없이 자신 있게 최선을 다하는 것 같았다.

유재석 씨가 꾸밈이 없는 것도 인상적이었다. 카메라가 돌아갈 때와 돌아가지 않을 때가 다르지 않을까 싶었는데 변함없이 똑같았다. 왜 '무한도전'이 유재석이고 유재석이 '무한도전'인지 고개가 끄덕여졌다. '무한도전'을 찍으면서 유재석 씨를 통해 리더의 역할과 중요성에 대해 다시 한 번 생각해보는 계기가 됐다. 그의 리더십을 나는 외유내강형 리더십이라고 부르고 싶다.

유재석의 리더십을 보면서 나 역시 우리 선수들에게 그런 확고한 믿음을 주는 감독이 되어야 한다고 다시 한 번 다짐했다. 우리 선수들도 열심히만 하면 우리 감독님이 분명 좋은 길로 안내해줄 거라는 믿음을 주는 리더가 되자고 다짐했다.

선수들과 '무한도전'을 무사히 촬영하고 난 뒤 나는 '무한도전' 팀에 또 하나의 부탁을 하게 됐다.

"저와 우리 선수들의 출연료가 얼마나 될지 모르겠습니다만 그 출연료를 유소년 기금으로 기부하고 싶습니다. 유소년 팀에게 얼마가 될지 몰라도 그걸 기부하면 마음이 좋을 것 같습니다. '무한도전' 팀에도 나쁘지 않을 것 같습니다. 그리고 만일 멤버들 중 시간이 되시면 누구라도 현장을 찾아가 어린 친구들을 격려해주시면 더 좋고요.”

평소 유소년들을 어떻게 하면 도움을 줄까 생각해온 나는 출연료를 기부하고 싶다는 내 생각을 이야기 했고, ‘무한도전’ 제작진은 흔쾌히 내 의견을 받아들였다.

봅슬레이 스켈레톤을 훈련하는 유소년 팀들은 무척 어려운 환경에서 훈련하고 있다. 2018년 평창동계올림픽 때문에 포커스가 모두 국가대표에게 쏠려있기 때문에 중고생에게는 아무도 관심 갖는 곳이 없었다. 국가에서든 연맹에서든 유소년 친구들에게 지원해줄 명분이 별로 없다는 이유로 지원을 하지 않았기에 유소년들의 훈련 환경은 열악하기만 했다. 가뜩이나 비인기 종목인 봅슬레이 스켈레톤을 하는 유소년 선수들이 자신의 꿈을 포기하지 않고 열심히 걸어 나가기 위해서는 주변의 응원이 필요하다. 그래서 그 유소년 선수들이 훈련할 수 있도록 썰매라도 하나 지원하고, 국내에서 합숙훈련이라도 할 수 있는 기회가 주어지면 좋겠다는 생각을 해왔던 터라 출연했던 선수들과 의논해 출연료를 기부하기로 했다.

‘무한도전’ 멤버들이 직접 선수들을 찾아가 응원해줬으면 했던 바람은 멤버들의 일정이 바빠 이뤄지지 않았다. 대신 유재석 등 멤버들은 영상을 통해 선수들을 응원해주었다. 고마운 일이다.

07

국제적 선수로 성장하기 위해서는 영어가 필수

대표팀 선수가 되면 해외를 자주 나간다. 전지훈련을 위해서도 나가고 대회에 참가하기 위해서도 나간다. 해외에서 생활하는 날이 많으니 외국인들과 만날 기회도 많아 영어가 필수다. 말이 통하지 않으면 사람에 대한 교류가 지속되기 어렵다. 스포츠선수에게 필요한 것은 국제적 감각이기에 영어가 가장 필요하다. 운동선수로 세계 정상에 우뚝 서거나 세계 정상의 사람들을 닮고 싶다면 언어를 배워야 한다.

2018년 1월 24일 호주오픈 테니스대회에서 한국선수 최초로 4강에 진출한 테니스의 정현 선수가 운동 경기 후 영어로 인터뷰하는 장면을 인상 깊게 본 분들이 많을 것이다.

정현 선수는 경기 후 외신과 인터뷰에서 "마지막 점수를 앞두고 세레머니를 생각하느라 집중을 잃었다"고 말하는가 하면 가족과 코치 이름을 부르며 감사할 사람이 너무 많다고 이야기해 관객과 시청자들을 웃겼다. 또 "비싼 차를 사서 타고 다니겠다. 제가 비싼 차를 타면 테니스의 위상도 올라가고, 그 모습을 본 어린 선수들이 계속 도전할 것"이라고 말했다.

정현 선수는 영어로 자신이 생각하는 스포츠정신에 대해 명료하게 인터뷰를 해 세계인에게 감동을 준 것은 물론 '외교에 능한 선수'라는 평을 받았다. 정현 선수가 영어로 자연스럽게 인터뷰를 할 수 있었던 것은 아마도 자신이 성공한 후를 생각하면서 자신의 생각을 세계인에게 자신의 목소리로 전달하기 위해 영어를 미리 배웠기에 가능했던 일이다. 영어는 세계적인 선수가 되기 위해서는 반드시 익혀야 한다. 가끔 해외 진출에 실패하는 선수 가운데 의사소통을 제대로 하지 못해 스스로 외톨이가 돼 실패하고 돌아오는 경우를 볼 때가 있다.

과거에는 운동선수는 무식하다는 편견이 어느 정도 있었다. 그러나 지금은 다르다. 세계적으로 성공한 선수들을 보면 대부분 국제적인 감각을 자랑한다. 세계적인 선수로 꼽히는 정현 김연아, 손흥민 등 선수들은 모두 영어로 능숙하게 세계와 소통하면서 활동하고 있다. 이들은 해외 선수들과 영어로 소통하면서 한국을 알리는 역할도 톡톡히 해낸다. 그렇기에 이제 운동선수가 무식하다는 것은 정말 편견이라고 할 수 있다.

선수생활뿐만 아니라 지도자가 될 마음을 가진 선수라면 영어 소통 능력이 더더욱 중요하다. 여기서 영어는 외국인과 자신이 원하는 것을 물어보고, 답을 주고받을 정도의 생활영어면 충분하다.

나 역시 선수생활 초창기에 영어 때문에 답답했던 경우가 많았다. 영어를 배우는 것도 쉽지 않았다. 공부를 한 번도 제대로 해본 적이 없어 공부하는 법 자체를 몰랐기 때문이다. 초등학교 때부터 운동을 시작해 중고등학교까지 운동을 했으니 공부는 내 일이 아니었다. 엘리트 스포츠 선수들은 운동에 집중하기 때문에 정상적인 학과수업을 받지 못한다. 나 역시 중고등학교 때 학과수업을 거의 들어가지 못했다.

해외를 나갈 일이 많아지면서 영어를 배워야겠다고 생각한 나는 영어 학원을 등록해 수업을 들었다. 스물다섯 살에 처음 영어 기초반을 등록해 알파벳부터 배우기 시작했다. 주어, 동사, 목적어로 구성된 영어의 기본 원리도 몰랐다. 기초반도 어려워서 주부 영어 교실을 찾아갔다. 어머니들이라면 abc부터 가르쳐주지 않을까 해서 반을 옮겼는데 그곳도 어렵긴 마찬가지였다.

운동이라면 기초체력이 가장 중요하고 어떤 훈련을 해야 기초 체력을 높일 수 있는지 알고 있었지만 공부는 어떻게 해야 하는지 전혀 감이 오지 않았다. 그렇다고 일대일 수업도 아닌데 선생님에게 나만을 위해 기초 수업부터 해달라고 할 수는 없었다. 진도가 나가기 시작하니까 뭐가 뭔지 더욱더 알기 어려웠다.

그래서 생각해 낸 것이 독일어 학원이었다. 영어는 누구나 기초를 알고 있어서 abc부터 가르쳐주는 곳이 없었지만 독일어는 모두 다 모르니까 abc부터 가르쳐줄 것 같았다. 독일어 학원에 가니까 정말 abc부터 가르쳐줬고, 주어 동사의 위치 같은 정말 기본 중의 기본을 배울 수 있었다. 독일어를 3개월 배우고 나니 그제서야 문법의 구조가 조금씩 보이기 시작했다.

이후 영어학원으로 옮겨 유치원생들을 위한 영어책을 구입해 단어를 외웠다. 대표팀 감독으로 일할 때도 틈틈이 영어문법 책을 보면서 공부를 했다. 어느 날 말콤 로이드 코치가 내게 말했다. 문법은 중요하지 않으니까 실생활에서 쓰는 영어를 배우라고. 그 말을 듣고 문법책을 놓고 회화를 공부했다. 의사소통에 필요한 영어를 배우기 시작해 지금은 외국인과 영어로 기본적인 대화를 할 수 있게 됐다. 썰매의 구조나 각도 등 전문적인 용어는 모르지만, 훈련을 마친 후 어떤 문제가 있었는지 등 일상의 이야기 정도는 무리 없이 이야기할 수 있다.

봅슬레이 스켈레톤 종목은 동계 종목 통틀어 해외로 전지훈련을 가장 많이 나가는 종목이라고 할 수 있다. 그만큼 외국인 선수들과 접촉할 기회가 많다. 전지훈련 가서 외국인 선수들과 대화를 해야 친구가 될 수 있다. 선수뿐 아니라 지도자가 되기를 꿈꾼다면 더더욱 영어가 필수다. 지도자가 되면 외국의 지도자들과 다양한 의견을 교환해야 하기 때문이다. 영어를 못하면 꿀 먹은 벙어리가 돼야 한다. 사람을 사귀고 교류할 수 있는 기회를 잃는 셈이다.

그래서 나는 선수들에게 영어를 반드시 배울 것을 강조했다. 그러나 사실 의지가 있어도 아침저녁으로 강도 높은 훈련을 하고 나면 자발적으로 영어 공부까지 하기는 쉽지 않다. 그래서 나는 훈련이 끝난 야간에는 선수들이 영어 공부를 할 수 있도록 적극적으로 권유했다. 태릉선수촌에서는 저녁 8시부터 9시 반까지 외부 강사를 초청해서 수업을 한다. 그 시간에 나는 우리 선수들이 태릉선수촌에서 하는 영어교육에 의무적으로 참가하도록 지시했다.

하루 종일 훈련으로 피로가 쌓여 영어 수업시간에 하품을 하고 조는 선수들이 많았지만 "피곤하면 가서 쉬라"고 말하지 않았다. 졸더라도 영어 강사의 강의를 들으면서 조는 게 당장은 피곤해도 나중을 위해서 좋은 거라고 믿고 선수들에게 영어를 권했다.

그때 당시는 나를 원망하던 선수들이 지금은 나에게 무척 고마워한다. 운동을 하는 선수들을 보면 초중고부터 대학교까지 '엘리트 스포츠'로 운동만 하다가 프로로 전향하는 경우가 있고, 고등학교까지 입시공부를 해 체대에 진학해 대학을 마친 선수들의 두 종류가 있다. 그중 엘리트 스포츠를 한 선수들은 대학을 졸업할 때까지 공부를 제대로 하지 못하고 운동만 한 친구들이다. 그 친구들은 공부를 접하지 않아 학습능력이 부족하다. 그런 친구들이 특히 나에게 고마워한다. 억지로 시작한 영어 공부였지만 영어를 배우고 나니 다른 세상이 열렸다는 것이다.

나는 선수들이 영어를 놓지 않고 꾸준히 공부하게 하기 위해 지금도 간헐적으로 영어 숙제를 내준다. '우리나라 스포츠 정책에서 어떤 것들이 바뀌어야 할까, 해외에서 본 것들 중 좋았던 것은 무엇인가' 등 주제를 정해주고 영어로 적어 제출하라는 숙제를 내준다. 이 숙제는 두 가지 목적이다. 영어를 계속 공부하게 하는 목적뿐만 아니라, 선수들에게 우리나라 스포츠의 미래에 대해 큰 시각에서 바라보고 스스로 연구하기를 바라는 마음이다. 선수들이 단순히 젊은 시절 한때의 직업으로 운동을 하고 끝내기에는 들이는 '피, 땀, 눈물'이 적지 않다. 선수 생활을 마친 후 자신이 몸담았던 스포츠계에서 한 축을 차지하는 사람으로 자리 잡기 위해서는 전체를 볼 수 있는 시각이 필요하다. 선수들이 조금씩 성장하는 것을 볼 때마다 뿌듯하다. 이 선수들이 바로 한국 동계 스포츠의 엔진이기 때문이다.

08

살면서 가장 중요한 건 사람에 대한 믿음

사람이 살아가는데 있어 생존을 위해 가장 중요한 것은 물론 의식주다. 먹고 자고 입는 것이 생존을 위한 첫 번째이고, 사회생활을 하는데 있어 첫 번째를 꼽으라면 사람이라고 생각한다. 부, 명예, 돈보다는 사람이 첫 번째다.

사람을 가장 첫 번째로 꼽는 이유는 모든 일은 사람이 해결해 내기 때문이다. 사람과 사람의 인간관계가 잘 이뤄지지 않는다면 사회 시스템이 제대로 돌아가지 않을 것이다. 사람과 사람과의 소통이야말로 사회를 제대로 굴러가게 만드는 필수요소다. 내가 손해를 좀 보더라도 남을 위한 배려가 삶에 있어서 가장 중요하다.

돈은 쓰면 그만이고 명예는 있다가도 없을 수도 있다. 그러나 사람과의 관계는 노력해서 얻을 수 있는 것도 아니고 버리려 한다고 버려지는 것도 아니다.

대한민국의 봅슬레이 스켈레톤이 세계 정상에 오르게 된 것도 총감독인 나를 비롯한 코칭 스태프들과 선수들의 믿음과 소통이 있었기에 가능한 일이었다. 나는 선수들이 가진 잠재력을 보았다. 선수들을 지도하는데 있어 어떤 방식으로 해야 성공할 수 있다는 강한 확신을 가지고 있었고, 이에 대한 믿음으로 선수들을 강력하게 이끌었다.

선수들은 그런 나를 무조건적으로 믿고 따라왔다. 총감독님이 시키는 대로 하면 성공할 수 있다는 믿음 하나로 선수들은 나를 따랐다.

선수들과 나의 관계가 신뢰를 바탕으로 한 인간관계로 두텁게 형성되면서 봅슬레이 스켈레톤 국가대표팀은 말 그대로 하나로 똘똘 뭉쳐 질주할 수 있었다.

만일 내가 선수들을 믿지 않았다면, 선수들이 총감독인 나를 믿지 않았다면, 아주 사소한 일에도 서로 불신했다면 2018 평창 동계올림픽에서 금메달의 영광은 없었을 게 분명하다.

믿음이 바탕이 되지 않는다면 서로를 탓하게 되는 순간들이 자주 찾아오기 때문이다. 실제 이번 올림픽을 앞두고 총감독으로서 중요한 결정을 해야 할 순간들이 몇 차례 있었다. 그 결단의 순간마다 나는 나의 판단대로 결정했고 그 결정들을 선수들에게 알렸다. 그때 선수들은 무조건 나를 믿었고 따랐다.

세계 대회를 중도 포기하고 한국으로 돌아올 때, 올림픽 출전 선수들을 선정할 때, 평창올림픽선수촌에 입촌하는 것을 미루고 진천선수촌에서 훈련을 더하기로 결정했을 때 등 선수들의 입장에서 보면 이해가 가지 않는 상황들이었을 것이다. 그러나 나는 전략적인 판단으로 승부수를 띄우는 결정들을 했고 그때마다 선수들은 나를 믿고 무조건 지지를 보내줬다. 만일 선수들이 나를 믿고 따르지 않았다면 총감독으로서 이 같은 결정을 하는 것이 쉽지만은 않았을 것이다.

내가 승부수를 띄울 수 있었던 것도 선수들에 대한 믿음 덕분이었고, 선수들이 내게 보내주는 신뢰 때문이었다. 이처럼 믿음을 바탕으로 한 두터운 신뢰의 인간관계가 내가 총감독으로서 활동하는데 원동력이 됐다.

특히 우리 선수들이 자기 자신보다 우리 팀, 우리나라를 우선으로 한 선택들을 해줬기 때문에 우리 대표팀이 불모지에서 최단

기간 금메달까지 달성할 수 있었다.

내가 의식주 다음으로 인간관계를 가장 중시하는 이유는 바로 사람과 사람 사이의 믿음이 모든 불가능한 것을 가능하게 하는 비밀의 열쇠기 때문이다.

당장 눈앞에 보이는 이익을 추구하기보다 나를 조금 양보하고 우리를 위해 애쓸 때 결국 더 큰 열매가 우리에게 돌아온다. 나보다는 너, 너보다 우리를 더 우선하는 마음으로 살아간다면 공동체의 이익이 극대화되고, 결국 개인의 이익으로 돌아온다. 우리를 위하는 마음이 있으면 어떤 어려움도 극복해나갈 수 있다.

윤성빈 선수가 금메달을 걸어주는 이벤트를 열어
뭉클한 마음에 눈물을 흘렸다.

09

호랑이 감독이라고 불러도 좋다

평창동계올림픽에서 윤성빈 선수가 금메달을 따던 순간, 말하기 어려운 감정들이 북받쳐 올라와 나도 모르게 눈물을 보이고 말았다. 윤성빈 선수가 국가대표로 선발되던 순간부터 힘든 훈련의 순간들, 어려웠던 여러 일들이 한꺼번에 떠올라 감정을 주체하기 힘들었다.

윤성빈 선수가 금메달을 따기 위해 얼마나 피나는 훈련을 거듭했는지 바로 옆에서 지켜봤기 때문에 더더욱 그랬다.

알려졌다시피 윤성빈 선수는 인문계 고등학교를 다니다가 스켈레톤에 입문해 초반 극기에 가까운 훈련으로 스켈레톤을 위한 몸만들기에 노력했다. 썰매 종목은 몸무게가 있어야 내려올 때

가속도가 붙기 때문에 몸무게를 일정 수준까지 늘리는 것이 중요하다. 윤성빈 선수는 몸무게를 늘리기 위해 하루 7끼를 먹으면서 체중과의 전쟁을 벌였다. 말이 하루 7끼지 아무리 먹는 것을 좋아한다 해도 새벽에 눈을 뜨자마자 먹기 시작해 잠자기 직전까지 먹는 것은 고역 중의 고역이다.

아침에 눈을 뜨자마자 우유나 주스를 먹고 훈련하고, 아침 먹고, 훈련 가기 전 채소를 먹고, 점심 먹고, 훈련 마치고 단백질 보충제 먹고, 저녁 먹고, 자기 전에 먹고 하는 식이다.

뿐만 아니다. 여성의 허리둘레에 맞먹을 허벅지 역시 노력의 산물이다. 근육을 키우기 위한 체력 훈련은 하루 이틀 노력으로 얻어지는 것이 아니다. 보통 대표팀에서 이틀 훈련하고 하루 쉬는 것이 일반적인 훈련법이지만, 나는 하루도 쉼 없이 매일 훈련할 것을 주문했다. 매일 훈련을 통해 훈련량을 높여가야 한계점 없이 자신의 최고 기량을 높여나갈 수 있다는 생각 때문이었다.

우리 선수들은 호랑이 같은 감독을 만나 다른 종목 선수들보다 몇 배 강도 높은 훈련을 매일 수행해야 했다. 잘하는 것에 대해서는 칭찬하지 않고 못한 것에 대해서는 엄하게 야단쳐 호랑이 선생님으로 통했다. 그러나 선수들이 나를 원망하는 마음을 가지고 있을 거라고는 생각하지 않는다. 오히려 내가 시키는 대로 자신의 한계를 선 긋지 않고 매일 새로운 기록에 도전하는 모습들이 었다.

 내가 호랑이를 자처한 이유는 한 가지다. 총감독인 내가 무서워야 총감독 밑에서 실무를 담당하는 코치진들이 운신의 폭이 넓어질 수 있다는 생각 때문이었다. 물론 나도 한없이 부드럽게 선수들을 대할 수도 있다. 그러나 그렇게 하면 밑의 코치진들이 선수들과 훈련을 해나갈 때 어려움을 겪을 수 있다. 봅슬레이 스켈레톤 대표팀은 총감독 이하 코칭 스태프진이 어느 종목보다 체계적으로 잘 갖춰져 있다. 그런 까닭에 총감독이 선수들을 붙잡고 훈련을 직접 시킬 일은 별로 없다. 총감독으로서 큰 방향을 잡고 선수들에게 동기부여를 하는 것이 큰 역할이고 세부적인 사항들은 담당 코치진들의 몫이다. 내가 호랑이 선생님이 되면 코치진들이 때론 부드럽게 때론 엄하게 상황에 따라 선수들을 밀고 당기는 것이 용이해진다.

 윤성빈 선수가 금메달을 딴 후 기자들과 만난 자리에서 "성빈아, 금메달 땄으니 한 달간 훈련 쉬자"고 말했다. 윤성빈 선수가 그 말을 듣고 활짝 웃었다. 단 하루도 훈련을 쉰 적이 없었으니 얼마나 힘들고 고단했을까. 윤성빈 선수가 힘들 것을 염려해 채

2015년 7월 여름캠프에서 선수들이 육상훈련을 하고 있다.

찍질을 멈췄다면 올림픽 금메달은 없었을 것이다.

선수들이 자신의 한계에 부딪혀 눈물을 흘릴 때, 그 눈물이 모여 훗날 금빛으로 빛날 수 있도록 이끌어주는 것이 나의 역할이었다. 그 눈물 한 방울 한 방울을 헛되이 낭비하지 않고 빛나는 금메달의 밑거름이 되도록 이끌어주기 위해서는 기꺼이 호랑이 선생님이 되어야 했다. 그렇기에 나는 호랑이 선생님이라는 별명이 싫지 않다. 내 자리에서 내가 할 수 있는 가장 최선의 역할을 다했다는 반증이기 때문이다.

10

삭발로 마음을 다잡다

봅슬레이 스켈레톤은 0.01초를 다투는 종목이다. 경기를 앞두면 무척 예민해진다. 팽팽해진 신경줄을 끊어지지 않게 다스리기 위해서 나 자신에게 틈을 주지 않은 방식을 택한다. 조금의 틈이 생기면 잡념이 파고들어 오기 때문에 매일 아침 8시부터 밤 10시까지 시간마다 타이트하게 일정을 잡아 강행군을 계속한다.

잡념 때문에 스트레스를 받으면 지치기 때문에 딴 생각을 하지 않고 하나에 집중할 수 있도록 강행군하는 것이 나만의 스트레스 해소법이다. 남들은 스트레스 풀 때 영화보거나 책을 본다는데 나는 영화관에 가면 눈은 영화를 보고 있으면서 머리로는 트랙 생각을 한다. 남이 보면 영화에 몰입하는 줄 안다. 1시간 넘게 움직이지도 않고 화면을 쳐다보고 있으니 말이다. 이렇게 봅슬레이 관련된 일을 계속한다.

하루 종일 봅슬레이 스켈레톤과 관련된 생각을 하면 마음이 편하다. 장비를 살핀다든지 트랙을 본다든지 선수들의 훈련 모습을 본다든지 훈련영상을 본다든지 하면 마음도 편안하고 몸도 편안하다. 일종의 일중독일지 모른다.

늘 시간이 촉박하고 아까운 생각이 들기 때문에 해외 출장을 갈 때는 항상 밤 비행기를 탄다. 밤 비행기를 타고 유럽에 가면 오전 10시에 도착해 바로 업무를 볼 수 있다. 독일에서 한국에 왔다가 장비를 들고 바로 독일로 출발한 경우도 있다.

2018 평창동계올림픽을 한 달 앞두고는 막바지 집중력을 키우기 위해 머리를 삭발했다. 경기를 한 달 앞둔 시점이 선수들이 가장 나태해지기 쉽기 때문이다. 실제 경기가 치러지는 트랙에서 적응 훈련을 어느 정도 마치고, 홍보 영상을 촬영하고 각종 매체들에서 들어온 인터뷰 요청을 소화하는 등 외부인과의 접촉이 늘어나면서 조금씩 분위기가 들떴다. 이런 상황을 다잡지 않으면 훈련을 해도 효과가 떨어진다.

선수들에게도 마음을 다잡는 의미로 삭발을 같이 하자고 하고 싶은 마음이었지만 선수들에게 삭발을 강요하기에는 무리가 있다. 선수들은 평생 한 번 맞는 올림픽에서 멋진 외모를 선보이고 싶을 텐데 삭발하게 되면 심리적으로도 위축될 수 있다. 그래서 나는 내가 삭발을 하는 것을 택했다. 대신 삭발한 나를 보면서 선수들이 마음을 마지막까지 다잡기를 무언으로 알렸다. 선수들이 총감독이 삭발한 모습을 보면 긴장감을 느낄 것이라는 생각을 했다. 나는 삭발을 결정하고는 선수들을 불러놓고 삭발로 마음을 다잡겠다고 이야기한 후 선수들에게 내 머리를 깎아달라고 했다. 선수들이 돌아가며 바리깡으로 내 머리를 밀었다. 선수들 눈빛이 단숨에 비장해지는 것을 알 수 있었다. 들떠 있던 분위기가 가라 앉으면서 선수들의 표정은 금메달이라는 목표를 향해 집중됐다.

　물론 총감독인 나 역시 사람들 앞에 나설 일이 많기 때문에 외모가 전혀 중요하지 않은 것은 아니다. 언론 인터뷰도 해야 하고 대외적으로 만나야 할 사람들도 많다. 게다가 대회 직전 총감독이 삭발을 한 사실이 언론에 알려지면 내부에 어떤 문제가 발생했다고 볼 수도 있었다. 그러나 그 어떤 시선도 상관하고 싶지 않았다. 당시 나에게는 선수들과 나의 집중력이 가장 중요했다. 왜냐하면 머리카락은 시간이 지나면 다시 자라지만, 평창동계올림픽이라는 시간은 두 번 다시 돌아오지 않기 때문이다.

11

유연한 마인드를 가져라

살다 보면 누구나 슬럼프를 겪게 된다. 특히 운동선수에게는 반드시 슬럼프가 찾아온다. 때문에 슬럼프를 어떤 자세로 대하고 이겨내느냐가 무척 중요하다.

나는 기쁘면 기쁜 대로 기뻐하고, 슬프면 슬픈 대로 눈물 흘리고, 원망스러우면 원망하고, 자신의 감정을 숨기지 말고 드러내는 것이 중요하다고 생각한다.

슬럼프를 이기기 위해서는 원인을 찾아야 한다. 답 없는 문제는 없다. 슬럼프에 빠졌다면 분명 원인이 있고 답이 있다. 원인을 찾으면 그 원인 속에 해답이 있다.

이때 중요한 것은 유연한 마음이다. 슬럼프가 왔을 때 왜 나만

이러나, 왜 나에게만 이런 일이 닥쳤나 하고 자책하는 것은 좋지 않다. 나만 불행하다든지 나만 운이 없다고 생각하는 것은 운동선수에게는 특히 좋지 않다. 그런 생각을 하는 순간 자신의 한계를 규정짓게 되고 그 한계를 이겨내기 어렵다. 실수할 수 있고 운이 좋지 않을 수도 있지만 그건 한 번뿐이라고 생각해야 다시 도전할 수 있다.

스포츠뿐 아니라 삶을 살아가는데 있어 가장 중요한 것은 '긍정적인 마인드'다. 긍정적인 마인드를 가지는 것은 중요하지만 쉽지 않은 문제다. 제일 좋지 않은 것은 '역시 난 안되는 것일까?' 하는 생각이다. 불안한 마음이 작동하면 그 불안이 실패로 이어진다. 운동선수가 가장 경계해야 할 것은 내가 과연 할 수 있을까 하는 의심이다.

상대가 잘하면 압박감이 심해지고 부정적인 생각이 올라온다. 잘 안된다 하더라도 조급해하지 않고 조금 더 멀리 내다보는 유연한 마인드를 가져야 한다. 그래서 선수들에게 가장 강조하는 것이 유연한 마인드다.

유연한 마인드를 갖기 위해서는 편안한 마음을 가져야 한다. 편안한 마음을 가지기 위해서 나는 선수들에게 '명상'을 강조한다. 명상이라는 것은 거창한 것이 아니다. 하루 잠깐이라도 자신의 하루를 돌아보고 마음을 다잡는 것을 이야기한다. 명상을 통해 자기 자신을 컨트롤하고 자기 자신을 돌보는 시간이 필요하다.

긍정적인 생각을 불러일으키는데 있어서 롤모델을 갖는 것은 무척 중요하다. 자신도 세계 정상의 롤모델 같은 선수가 될 수 있다는 것을 믿는 것이다. 펠레, 마라도나, 베이비 루스 등 세계적인 선수들은 모두 자신만의 영웅이 있었고 그 영웅을 닮기 위해 노력해 최고의 자리에 올라갔다.

우리나라 테니스 역사를 새로 쓴 정현 선수는 세계 남자테니스 황제 조코비치를 롤모델로 삼았다고 얘기했다. 평창동계올림픽에 참가한 피겨선수들은 김연아를 보면서 롤모델 삼아서 훈련했다고 했다.

이처럼 롤모델을 가지고 그 선수를 닮기 위해 노력하면 정말로 닮아간다. 정신, 훈련법 등 자신이 가장 닮고 싶어 하는 사람을 닮기 위해 노력하면 정말로 그 선수처럼 될 수 있다. 모방해서 훈련하다 보면 자신의 것이 된다. 이것은 어느 분야나 마찬가지라고 생각한다. 노래도 마찬가지다. 자신이 좋아하는 가수를 모방해 따라 하다 보면 닮아갈 수 있다.

자신이 롤모델로 삼은 사람을 따라 하다 보면 그 사람처럼 될 수 있고 때로는 자신의 우상이 차지했던 위치보다 더 높이 올라갈 수 있다. 그렇게 스스로 새로운 우상이 될 수 있다.

부끄럽지만 나는 선수 시절 롤모델이 없었다. 나는 아무것도 없는 불모지에 뛰어들어 썰매를 시작했기에 롤모델을 삼을 만한 선수를 알지 못했다. 정보를 얻기에도 제한적이었다.

그러나 지금은 내가 선수생활을 할 때와 많이 달라졌다. 또 지금은 정보화 시대다. 누군가에 대한 정보를 얼마든지 알아낼 수 있다. 직접 그 선수를 만나지 않더라도 영상을 통해서도 만날 수 있다. 내가 운동할 때 이런 것이 있었다면 내가 시행착오를 덜 겪을 수 있었을 텐데 하는 아쉬움이 있다. 내가 운동할 때와 비교하면 지금 운동선수는 참 좋은 환경에서 운동을 하기에 부러운 마음도 든다.

스켈레톤의 새로운 황제로 떠오른 윤성빈 선수는 라트비아의 스켈레톤 황제 마르틴 두쿠르스를 롤모델로 삼았다. 두쿠르스는 10년이나 스켈레톤에서 세계랭킹 1위 왕좌를 지켜온 스켈레톤의 황제다.

윤성빈 선수는 평창동계올림픽에서 금메달을 딴 후 인터뷰에서 "두쿠르스는 스켈레톤계에 영원히 남을 선수로 나에게는 항상 우상이었다. 항상 두쿠르스처럼 되고 싶었다"고 이야기했다.

두쿠르스를 꿈꾸며 두쿠르스처럼 될 수 있다고 믿었던 윤성빈 선수는 정말 두쿠르스처럼 세계 1위의 자리에 올랐다. 윤성빈이 세계 1위를 한 평창동계올림픽에서 두쿠르스는 4위를 했다. 윤성빈은 "여전히 두쿠르스는 나의 우상"이라고 두쿠르스에 대한 존경을 표시했다.

그동안 무수히 많이 실패했지만 윤성빈은 좌절하지 않았다. 항상 두쿠르스처럼 정상에 서 있는 자신의 모습을 상상하며 다시 썰매에 올랐다.

그것이 바로 긍정의 마인드가 가져다주는 에너지다. 자신이 성공한 모습을 머릿속에 넣어두고 항상 떠올리면 부정적인 생각을 물리칠 수 있다.

롤모델을 닮아가는 과정에서 편법을 쓰면 안 된다. 그 선수가 정상에 오른 화려한 모습만 열광하는 것이 아니라 그 선수가 그 자리에 올라가기까지 기울인 노력을 알고 배워야 영웅의 모습을 닮을 수 있다.

12

운동선수의 또 다른 심장, 강심장

운동선수는 어떤 불안이나 위협 속에서도 담대해야 한다. 어떤 위기에서도 흔들리지 않는 강심장이 필요하다. 올림픽이나 월드컵 같은 큰 대회일수록 강심장은 필수다. 평소에는 무척 잘하다가도 유독 큰 대회에만 나가면 긴장해서 자신의 기량을 발휘하지 못하는 선수들이 있다. 참 안타까운 일이다.

양궁선수들은 관중들이 엄청나게 큰 소리로 환호하는 시끄러운 환경 속에서도 정신을 집중해 활시위를 날려 저 멀리 놓여 있는 한 점의 과녁을 맞춘다. 평소 얼마나 집중력 훈련을 했는지 알 수 있다.

빙상 종목 선수들도 마찬가지다. 관중들이 아이스링크를 가득 채우고 선수를 바라보고 있다. 자신에게 쏟아지는 시선과 기대를 이겨내고 자신만의 경기를 펼쳐야 평소의 기량을 마음껏 펼칠 수 있다.

올림픽에서 메달을 딴 선수들을 보면 담대한 정신력으로 긴장을 이겨낸 선수들이 항상 정상에 섰다는 것을 알 수 있다. 자신을 믿지 못하거나 과욕을 부리거나 긴장을 하게 되면 실패할 확률이 높다.

어떤 상황에서도 흔들림 없는 강한 정신력은 큰 대회를 준비하는 선수들이라면 반드시 가져야 하는 필수요소다. 요즘은 흔히 '멘탈갑'이라고 이야기한다.

강심장을 가진 선수들은 위기에 강하다. 위기가 닥쳤을 때 오히려 더 공격적으로 경기를 이끌어나간다. 유리멘탈을 가진 선수들이 위기에 부서지는 것과는 대조를 보인다.

사실 멘탈은 모든 스포츠 지도자들이 공통적으로 중요하게 강조하는 요소다. 어느 종목이나 선수의 멘탈이 무척 중요하다. 그럼에도 불구하고 다시 한 번 강조하는 이유는 기본이 가장 중요하고 이 기본을 갖추는 것이 힘들기 때문이다.

멘탈을 강화하기 위해서는 멘탈이 붕괴되는 순간을 끊임없이 대비하는 훈련이 필요하다. 선수들에게 미리 자신이 썰매를 타다가 실수를 했을 때를 생각해 두라고 주문한다. 얼음트랙은 중간 중간에 코스마다 승패를 가르는 핵심 코너가 있다. 그 코너에서 실수하게 되면 좋은 성적은 멀어지게 된다. 이번 평창동계올림픽에서는 9번 코스가 핵심 코너였다.

주행하다가 실수했을 때를 미리 생각하고 대처법을 찾는 것이 좋은 선수가 갖춰야 할 필수요소다. 1차에서 실수했다면 2차에서 어떻게 회복할까를 항상 염두에 두고 있어야 한다.

그렇게 하기 위해서는 항상 이미지 트레이닝을 해야 한다. 자신이 코너에서 실수를 했을 때를 미리 예측하고 다음 대비책을 생각해둬야 한다. 무방비 상태가 되면 멘탈이 붕괴되면서 회복이 불가능해진다. 모든 스포츠가 그렇지만 봅슬레이나 스켈레톤 역시 멘탈게임이다. 결국 강한 멘탈이 승패를 좌우하고, 이는 철저한 대비만이 정답이다.

13

엄격한 상벌로 팀의 규율을 만든다

나는 호랑이 선생님이라는 별명이 붙어 있을 만큼 선수들에게 엄격하게 대했다. 성격 자체가 호불호가 명확하고 맺고 끊는 것이 분명하다.

선수들에게 벌을 줄 필요가 있을 때는 무관심이라는 벌을 준다. 사랑의 반대말이 무관심이라는 말이 있다. 그만큼 가장 무서운 게 무관심이다. 무관심만큼 힘들고 괴로운 게 없다.

나는 선수들에게 최선을 다한다. 내 개인의 생활은 전혀 없을 만큼 모든 것을 바쳐 선수들을 챙겼다. 그렇게 최선을 다했는데 선수가 좋은 태도를 보이지 않을 때는 한 차례 짚은 다음 그래도 개선되지 않을 경우 무관심 카드를 쓴다.

나는 선수가 잘못했을 때 바로 가서 야단치지 않는다. 하루 이틀 정도 일부러 무관심한 태도로 일관한다. 스스로 잘못한 것을 느낄 수 있도록 시간을 준다. 무관심한 것처럼 하지만 정작은 그 선수가 어떤 모습을 보이는지 관찰한다.

사흘 정도 후 해당 선수가 반성의 기미가 보이고 질책을 받아들일 마음의 준비가 돼 있는 것 같으면 불러서 이야기한다. 그래서 선수 스스로 자신의 잘못을 뉘우치고 해결책을 찾도록 이끈다. 선수 스스로 자신을 정리할 시간을 주는 편이다. 뭘 잘못했는지 일일이 바로 알려주면 무엇을 잘못했는지 모르고 반발심이 생길 수 있다. 과거에는 선수들이 무언가를 잘못했을 때 바로바로 이야기했다. 지적을 하고나면 그 지적을 듣고는 따르는 흉내 정도만 내고 그치는 경우가 많았다. 강압적으로 억지로 주입하면 그 효과가 오래 가지 않았다. 그러나 스스로 깨닫게 하면 효과가 오래 갔다.

며칠 후에 불러서 이야기하면 그 선수는 "감독님이 아무 얘기를 안 하셔서 곤혹스러웠습니다. 차라리 빨리 불러서 야단치시면 잘못했다고 하면 되는데 아무 말씀을 안 하시니 너무 괴로웠습니다"라는 반응을 보였다.

잘하는 선수들에게 칭찬도 별로 하지 않는다. 평소 무뚝뚝한 성격이다 보니 잘하는 것에 대해서 다정다감하게 표현하는데 익숙하지 않다. 선수들이 잘하는 것에 대해 칭찬해 주는 것은 코치진들이 하면 된다고 생각해서 더욱 안 한 것도 있다. 잘했으면 "수고했다"며 어깨를 두드려 주는 것이 칭찬의 전부다. 특히 메달을 딴 선수가 있을 때는 그 선수에게는 어깨 한 번 두드려주고 다른 주변 선수들을 모아 "그동안 고생했다"고 밥을 사준다. 메달을 따면 나 아니라도 칭찬과 축하를 해주는 사람들이 차고 넘친다. 오히려 빛나는 선수의 그늘에서 마음에도 그늘이 생겨 있을 하위권 선수들을 위로하는 것이 내 몫이라 여긴다.

지친 선수들에게 건네는 음료 한 병.

14

매너리즘을 극복하라

운동선수들이 가장 경계해야 하는 것은 나태다. 운동선수에게 나태함은 선수생명의 끝이라는 얘기다. 나태한 순간 더 이상의 발전은 없다. 나태하게 되면 운동선수로서 존재의 이유가 희미해진다.

그래서 나는 선수들에게 게을러서는 안 된다는 얘기를 항상 강조한다. 운동선수는 누구보다 부지런해야 한다.

선수촌에 입촌해 운동하는 선수들이나 프로로 전향해 운동하는 선수들이나 운동선수들은 모두 기록을 갱신해야 하는 운명을 가지고 있다. 나태는 발전을 꾀하지 않고 늘 하던 대로만 하려는 태도다. 이유는 간단하다. 자신을 뛰어넘기가 어렵고 힘들기 때문이다. 운동선수는 자신과 타협하려는 마음을 경계해야 한다.

물론 적당히 자신과 타협하고도 한두 번은 성공할 수 있다. 그 선수가 워낙 재능이 뛰어나다면 한두 번은 적당히 자신과 남을 속일 수 있다. 그러나 한두 번 이상은 통하지 않는다.

우리가 누구나 이름을 알고 존경하는 선수들은 단 한 번 정상에 선 일회성 스타는 거의 없다. 수년, 수십년 동안 노력하면서 끝까지 자기 자신을 채찍질하고 발전해나가 정상의 자리를 지키는 것은 물론 자기 자신의 기록을 갱신하는 선수들이다.

가장 위대한 선수는 자신의 힘으로 올라간 최정상에서 지속적으로 정상의 기록을 갱신하는 선수다. 이는 자기 자신과의 치열한 싸움에서 이겼다는 의미다.

모든 운동이 그렇지만 썰매 종목은 선수들의 몸무게가 특히 중요하다. 몸무게가 무거워야 썰매가 가속도가 붙어 더 빨리 내려간다. 선수들이 몸무게를 불리기 위해 들이는 노력을 보고 있으면 눈물겹다.

아무것도 먹지 못하고 몸무게를 줄여야 하는 것보다는 편하지 않겠나 생각할 수 있지만, 한 번 상상해보라. 먹기 싫어도 무언가를 먹는 고통이 얼마나 클지.

하루 7끼를 먹는 것은 하루 이틀은 누구나 가능할 수 있다. 그러나 열흘, 한 달, 두 달, 세 달, 1년, 2년, 3년을 지속한다는 것은 보통 사람은 할 수 없는 일이다.

만약 윤성빈 선수가 "이 정도면 충분하다"고 생각하고 적당히 타협했다면 세계적인 선수로 성장하기 어려웠을 것이다. 그러나 윤성빈 선수는 어떤 순간에도 적당히 타협하려는 매너리즘을 보이지 않았다.

운동에 적합한 몸을 만드는 데도 누구보다 열심히 노력했다. 근육을 키우는 운동이나 기초체력 운동을 한 번도 마다하지 않고 성실하게 임했다. 그랬기에 운동을 시작한지 6년 만에 세계에서 가장 높은 위치에 서는 영광을 안을 수 있었음이 분명하다.

윤성빈 선수가 또 하나 믿음직한 것은 4년 후 베이징올림픽에 도전하겠다는 생각을 가지고 있는 것이다. 운동선수로 최고의 자리에 오른 후 그 자리를 지키기 위해 노력하는 것은 최고로 올라가기 위해 들인 노력의 몇 배를 더 해야 하는 일이다. 정상에 서봤기에 "이젠 그만해도 되지 않을까" 하는 마음과도 싸워야 한다.

운동뿐 아니라 모든 분야도 마찬가지일 것이다. 단 한 번의 성공이 아니라 끊임없이 앞으로 나가는 것이 진정한 영웅이다. 그런 의미에서 다시 도전이라는 스타트 라인에 선 윤성빈 선수는 영웅이라 할 만하다.

물론 모든 사람이, 모든 선수가 다 영웅이 될 필요는 없다. 한 번 올림픽에서 메달을 따는 것도 어렵고 그 전에 국가대표에 발탁되는 것 자체도 어렵다. 그 단계가 어렵지만 그 과정을 통과해서 최정상에 섰을 때의 희열은 그 무엇보다 크고 값진 것이리라.

15

자신만의 룰을 만들어라

　모든 스포츠는 룰이 정해져 있다. 그 룰을 정확히 지키면서 최고의 기량을 내야 인정받는다. 만일 경기규칙을 벗어난다면 아무리 잘한 선수도 실격이다. 평창올림픽에서도 도핑으로 러시아 선수들이 출전하지 못했다. 그것이 스포츠 규칙을 어겼기 때문이다.

　봅슬레이 스켈레톤 모두 0.01초로 승부가 나는, 목숨을 걸 만큼 위험한 스포츠다. 여기서 룰을 벗어나면 경기만 지는 것이 아니라 인생 자체도 문제가 생길 수 있다.

　인생에도 룰이 있다. 자신이 지켜야 할 룰을 벗어나는 순간 인간으로 실패한다. 스포츠계에서 가장 비난받는 것은 룰을 어기는 것이다. 우리 업계에서도 한때 주목받은 선수가 있었지만 결국 스포츠정신에 어긋나는 부도덕으로 쫓겨난 사람이 있다. 그런데 그 사람은 다른 곳으로 옮겨가서도 또다시 거짓으로 남들을 속이면서 살아간다. 경기장 밖에 나간 일부 운동선수들 중에 선수 시절 가졌던 스포츠 정신을 다 팽개치고 부도덕한 행위를 한다든지, 다른 사람들의 것을 빼앗는다든지 하는 경우가 있다. 그런 소식을 들을 때면 안타깝고 화가 나기도 한다. 동시에 스포츠에서도, 삶에서도 룰을 지키며 살아간다는 것이 얼마나 중요한지 다시 한 번 깨닫게 된다.

그렇기에 역지사지로 다시 내 모습을 돌아보게 된다. 나 자신은 얼마나 내 삶에서 룰을 지켜가며 살아가고 있는지 다시 점검하게 된다. 나에게는 내가 설정한 나 자신만의 룰이 있고, 그 룰을 벗어나지 않고 살기 위해 애쓴다.

선수들에게도 자신의 원칙을 가지라고 조언해준다. 자신의 원칙은 어떤 경우에도 어겨서는 안 된다. 그 룰을 지키기 위해 노력하며 살다 보면 어느새 자신이 원한 것들을 성취하게 된다.

특히 운동선수들은 어린 나이부터 운동만 하면서 사회와 단절되다시피 살아가기 때문에 균형 잡힌 시각을 갖추기 위해서는 개인적으로 노력을 해야 한다. 그렇다고 지나치게 사회에 관심을 많이 두게 되면 운동에 집중하는 게 방해되기 때문에 적당한 선이 필요하다.

선수들을 책임지는 위치에 있다 보면 선수들이 내 자식 같은 기분이 들 때가 있다. 엄밀히 말해 선수들의 부모님이 나에게 선수들을 맡겼기 때문에 부모 대신이라고 해도 과언이 아니다. 그렇기에 선수들을 볼 때면 정말 부모 같은 마음이 들 때가 많다. 훈련을 하느라 힘들어하면 안쓰럽고, 좋은 기록을 내면 뿌듯하고 자랑스럽다. 그렇게 선수들과 동고동락하면서 선수들이 운동뿐 아니라 사회에서도 바른 구성원으로 잘 자리 잡을 수 있도록 하기 위해 내가 해줘야 할 것들을 차근차근 해주려고 노력한다.

영어를 강조하는 것도 선수들이 선수생활을 마친 이후를 생각한 일이고, 재능보다 인성이 중요함을 누누이 강조하는 것 역시 선수들이 사회로 돌아갔을 때 잘 자리 잡고 살아가기를 바라는 마음에서다.

'한 사람을 오래 속일 수 있고, 여러 사람을 잠깐 속일 수 있어도, 여러 사람을 오래 속일 수는 없다'는 속담이 있다. 이처럼 한 사람의 내면은 어떻게든 밖으로 드러나게 되어 있다. 선수들에게 SNS 한 줄, 친구들과 대화 한 마디도 신중하게 하기를 잔소리하는 것도 그런 이유다.

　내 잔소리를 통해 선수들이 자신만의 룰을 만들어 가지기를, 그래서 그 룰을 지키며 건강하고 활기찬 사회 구성원으로 제 몫을 하기를 바란다.

16

미래를 준비하는 사람이 성공한다

내가 선수나 코칭 스태프들에게 항상 강조하는 이야기가 있다.
"여기서 평생 머물려고 생각하지 말아라. 머물 수도 없고 머물러서도 안 된다. 여기서 너의 실력과 경력을 쌓아서 더 발전된 곳으로 가야 한다."

발전하기 위해서는 공부가 필수다. 그래서 선수나 코칭 스태프들에게 항상 공부할 것을 강조한다.

나는 앞에서 고백했듯 대학을 제 나이에 가지 못해 공부에 대한 아쉬움이 많았다. 그래서일까. 연세대학교에서 석사를 한뒤 지금은 한국체육대학교에서 스포츠경영학으로 박사학위를 밟고 있다. 과정을 모두 이수해 수료했고 현재 학위 논문을 쓰고 있는 상태다.

선수들이나 코칭 스태프들에게 평창올림픽이 끝났으니 석사 공부, 박사 공부를 하라고 부추기고 있다. 현재 우리 대표팀의 코치 10명 중 6명이 석사학위를 가지고 있다. 석사학위를 가진 친구들에게는 운동처방사 자격증 등 자격증 공부를 하라고 부추기기도 한다.

지금은 내 이야기가 전소리처럼 귀찮게만 들릴지 모르지만 시간이 지나면 공부하기를 잘했다는 생각이 들 것이 분명하기에 귀찮아해도 아랑곳하지 않고 잔소리를 해댄다.

내가 스포츠행정으로 박사 공부를 한 이유는 단순 명확하다. 평창동계올림픽이 끝나고 나면 전문 행정인으로서 우리나라 봅슬레이 스켈레톤이 불모지에서 효자 종목으로 성장한 비결을 다른 비인기 종목으로 확대해 스포츠 시스템을 개선하는데 역할을 하고 싶은 마음이다.

다양한 종목에서 메달이 많이 나오면 단순히 올림픽 성적만을 중요시하기보다 스포츠 선진국 대열에 들어가지 않을까 생각한다.

지도자는 선수들이 운동을 잘할 수 있도록 가르치는 게 가장 큰 역할이지만 잘 가르치기 위해서는 환경이 잘 갖춰져야 한다.

선수들이 좋은 환경에서 운동에 전념할 수 있도록 해주기 위해서는 스포츠행정이 필수다.

내가 운동을 할 때부터 지도자로서 선수들을 양성하면서 우리나라 스포츠 행정에서 느꼈던 안타까움을 직접 하나둘씩 해결해 나가고 싶다. 특히 우리나라 스포츠가 발전하기 위해서는 기업의 후원이 필수인데, 기업의 스포츠 마케팅에 관한 다양한 아이디어를 기획해 활성화시키고 싶은 계획도 가지고 있다.

17

스포츠에서 배워라

스포츠는 영원한 승자도 영원한 패자도 없다. 오늘 우승했지만 언제든지 자기보다 강자가 나타나 그 자리를 내줄 수 있다.

이는 인생과도 닮아있다. 인생도 어느 한때 성공했다고 해서 그 성공이 영원성을 가지지는 않는다. 오르막이 있으면 내리막이 있고 내리막이 있으면 오르막이 있다. 그러므로 오늘 내리막이라고 슬퍼할 것도, 오르막이라고 자만할 것도 없다.

스포츠에서 배울 수 있는 것은 단지 이기는 것만이 아니다. 스포츠를 통해 지는 법도 배울 수 있다.

나는 선수들에게 지는 법도 배우라고 가르친다. 졌을 때 화를 내거나 상대적 박탈감을 가지기보다 왜 졌는지 분석하면 더 많은 성장을 할 수 있다. 상대 선수를 시기하기보다 그 선수가 왜 우승했는지 이유를 찾아 분석해야 한다. 그것이 지는 법을 제대로 배우는 것이다.

나는 선수들에게 항상 염치를 가져야 한다고 이야기한다. 염치, 즉 겸손과 부끄러움이다. 그걸 모르는 사람은 운동선수로 뿐 아니라 인간으로도 실패한다. 승리했을 때의 겸손함, 스포츠정신에 어긋나는 행동을 했을 때 부끄러움을 아는 것이 중요하다.

스포츠 지도자로 생활하게 되면 자세히 관찰하는 법을 배우게 된다. 무엇보다 선수들 개개인의 개성을 빠짐없이 모두 다 알고 있어야 한다. 오히려 선수가 "감독님이 이것까지 알고 있다니!" 하며 놀라는 경우가 있다.

어떤 선수가 밥 먹을 때 행동, 말할 때 버릇, 화내는 순간, 의기소침한 순간 등을 모두 다 알아야 그 선수에 맞는 지도를 할 수 있다. 그렇지 않고 모든 선수들에게 똑같은 방식으로 교육하는 것은 선수들의 개성과 맞지 않으면 역효과가 난다. 개개인 선수들의 특성에 맞는 지도가 개인의 능력을 키우는 방법이다. 개성이 강한 선수들이 팀 속에서 개성을 죽이지 않으면서 팀과 하모니를 이룰 수 있는 방법을 찾게 된다.

지도자는 섬세해야 한다. 고백하자면 사실 나는 무뚝뚝한 편이고 섬세함에서는 다소 뒤떨어진다. 그래서 외국 코치진들의 섬세한 모습을 보면 감탄하면서 배우기 위해 노력한다. 섬세함을 가지지 못한 것이 나의 단점이지만 나는 대신 다른 장점으로 이를 극복하려고 한다.

스포츠 선수와 지도자로 지금까지 살아왔기에 스포츠는 나와 떼려야 뗄 수 없다. 스포츠가 나를 키웠다고 해도 과언이 아니다. 스포츠정신을 지키고 살아간다면 사회면을 채우는 수많은 뉴스는 사라질지 모른다. 국민들이 스포츠 선수들의 경기를 응원하는 것도 좋지만 스포츠정신을 기억해주기를 바란다.

4

열정을 하나로 만드는 팀 빌딩 노하우

01

엘리트 체육이 아닌
일반 체육 전공자를 선호하는 이유

선수들을 발탁하는 것은 감독의 역할 중에서 매우 중요한 일이다. 인사가 만사라는 얘기가 있듯 스포츠에서도 마찬가지다.

선수를 선발할 때 나는 확고한 원칙 하나를 가지고 있었다. 전체 구성 중 80% 정도를 대학에서 운동을 접한 선수들로 발탁했다. 운동선수는 두 가지 스타일이 있다. 하나는 초등 때부터 운동을 시작해 성장한 엘리트 체육 선수들이다. 다른 하나는 대학에서 운동을 접한 선수들이다.

어느 선수가 좋은 선수일까. 정답은 없다. 각각 장단점을 가지고 있고, 그것을 기준 삼아 내 나름대로 비율을 정했다.

엘리트 체육을 한 선수들과 그렇지 않은 선수들의 구성을 2:8로 나눈 것은 나의 철학이 반영된 결과다. 나 자신이 초등학교 때부터 엘리트 체육을 해봐서 엘리트 체육의 장단점에 대해 잘 알고 있다.

봅슬레이 스켈레톤은 남들보다 빠른 순발력 필요하다. 그래서 어려서부터 운동을 해온 육상선수들을 영입하면 대부분 금방 국가대표급으로 성장한다. 엘리트 선수들은 어린 시절부터 운동으로 다져진데다 자기 종목에서 이미 정상을 찍었던 선수들이라 영입했을 때 당장 가시적인 성과를 낸다.

반대로 운동을 막 시작한 체육대학교 출신 선수들은 기본적인 수준에 도달하기까지 시간이 걸린다.

문제는 엘리트 체육을 한 선수들은 당장 1~2년은 기량을 발휘하지만 3년이 지나면 기량이 향상되지 않고 답보 상태를 보이거나 오히려 하락할 수 있는 단점이 있다. 이유가 뭘까 분석을 해봤다.

어렸을 때부터 운동을 하지 않고 대학에서 일반 체육을 전공한 선수들은 운동에 있어서 백지상태나 마찬가지다. 그렇기에 훈련을 시키면 시키는 대로 스펀지처럼 흡수한다. 강도가 센 훈련 방식이나 지도방식에 대해서도 "국가대표라면 이만큼의 훈련은 해야 하나 보다"라고 생각하고 받아들인다.

이들 선수들에게는 어쩌면 조금 미안한 얘기일 수 있지만, 나는 이 선수들에게 최고난이도의 웨이트나 육상훈련을 시킨다. 국가대표 선수들보다 몇 배 힘들게 시키는데 그 친구들은 당연히 해야 한다고 생각하고 시키면 시키는 대로 묵묵히 따라온다. 그렇게 하다 보니 선수들의 기량이 시간이 지날수록 향상된다. 언리미티드(unlimited)다. 한계가 없다.

이에 비해 엘리트 선수들의 기량은 1~2년 정도 향상되다 수준이 일정하게 유지된다. 엘리트 선수들은 훈련을 받으면 그 훈련의 강도가 어느 정도 수준인지 바로 파악한다. 그래서 무리가 된다 싶으면 선수 스스로 몸을 사리는 경향이 있다. 바로 이런 점이 내가 엘리트 선수들보다 비 엘리트 선수들을 4배 더 많이 선발하는 이유다.

나는 내 선수들이 자신의 한계를 한정 짓기를 원하지 않는다. 자신의 한계를 생각하지 않고 더 높은 수준으로 올라가기를 바란다. 그렇기에 한계 없는 도전에 기꺼이 자신을 던질 수 있는 선수들을 원한다.

현재 체육대학교에 가보면 엘리트 선수들보다 유능한 기량을 가진 선수들을 많이 만날 수 있다. 이들은 아직 깎고 다듬지 않아서 본 모습을 보여주지 않았을 뿐 갈고 다듬으면 무궁무진 빛날 선수들이다. 나는 이들을 '숨은 보석'이라고 부른다.

대표팀의 가장 큰 도전이었던 2018 평창동계올림픽을 무사히 잘 마쳤으니 이제 당장 전국에 숨어 있는 보석들을 발굴하는 일을 시작해야 한다. 전국의 체육대학교를 돌면서 숨은 보석을 발굴해 2022 베이징동계올림픽에 나갈 인재를 발굴하는 것이 당면한 과제다.

02

기적의 팀을 만들기까지

대한민국 봅슬레이 스켈레톤 대표팀 선수들이 2018 평창동계 올림픽에서 금메달과 은메달을 딴 것을 두고 사람들은 기적이라고 말한다. 그러나 나는 기적이라는 말에 수긍할 수 없다. 우리가 이룬 것은 기적이 아니라 오체투지였다.

기적이라는 한 마디로 설명하기에는 우리 선수들의 고생이 너무나 컸다. 봅슬레이나 스켈레톤은 눈 깜짝할 시간에 내려온다. 그 짧은 순간을 위해 평소 흘린 땀의 양이 얼마나 되는지 상상하지 못할 것이다. 그 과정을 보지 않았기에 기적처럼 느껴질 수 있지만, 우리는 정말 열심히 노력하면서 땀 흘려왔고 그 노력을 메달로 보상받은 셈이다.

팀이 만들어진 초창기를 떠올려본다. 초창기에는 대표팀 감독인 나 혼자서 선수들을 훈련시키고, 영상을 찍고, 장비를 고치고, 밤늦은 시간에 숙소에 홀로 앉아 영상을 분석하며 1인 다역을 했다. 이것저것 해야 할 일이 너무 많아서 모든 일정을 마친 후 밤늦게 영상을 분석하기 위해 컴퓨터 앞에 앉으면 집중력이 떨어져 의자에서 졸기도 많이 졸았다. 늘 잠이 부족했다. 비행기로 이동할 때도 비행기 안에서 우리 선수나 외국의 잘하는 선수들의 영상을 보면서 어떤 차이가 있나 비교 분석했다.

그러나 지금은 인원이 늘어나 역할이 세분화돼 육상코치가 육상 훈련을 시키고, 썰매를 고치는 코치가 따로 있고, 비디오를 분석하는 코치가 있다. 영양사가 선수들의 체력을 올릴 수 있도록 메뉴를 짠다. 이 같은 과정이 거의 동시간대에 착착 이뤄진다. 전문가들이 자신의 전문 분야에 집중해 일을 하니까 문제점들을 더 잘 파악해 해결책을 내놓는다. 과거 나 혼자 모든 일을 해낼 때 그토록 원하던 환상의 팀이 지금은 현실이 돼 내 눈앞에 있다.

이처럼 환상의 팀은 거저 주어지지 않았다. 봅슬레이 스켈레톤은 아무도 관심을 두지 않는 불모지였다. 스포츠가 성장하기 위해서는 국가나 협회의 후원이 필수다.

닭이 먼저냐 달걀이 먼저냐 하는 것은 아주 오래된 우화다. 스포츠 후원 역시 마찬가지다. 잘나가는 스포츠에는 후원이 넘치는데 후원이 넘쳐서 잘나가게 됐는지, 잘나가서 후원이 넘치게 됐는지 선후관계를 따지기는 어렵다. 그러나 분명한 것은 못 나가는 스포츠는 못 나가기 때문에 후원을 받기 힘들다. 후원을 해주면 성장할 수 있다고 아무리 목소리를 높여 이야기해도 아무도 들어주지 않는다. 잘하면 지원해주겠다는 대답이 돌아올 뿐이다. 나는 포기하지 않고 한 계단 한 계단 원하는 것을 얻기 위해 걸어나갔다.

지금 국가 대표팀의 팀빌딩은 세계 최고라고 해도 무방하다. 세계적인 인력들이 우리 선수들을 위해 뛰고 있다.

나는 장담하건대 국내 전 모든 스포츠 팀 중에서 우리 봅슬레이 스켈레톤 팀이 팀워크에 있어서 가장 본보기가 되는 팀이라고 자부한다. 어디에 가더라도 "대한민국 스포츠 팀의 표본은 봅슬레이 스켈레톤 팀"이라고 확실히 이야기할 수 있다.

비단 선수에 국한된 이야기는 아니다. 국내 스포츠팀 중에서 트레이너, 영양사, 주행코치, 영상분석가 등 분야별로 세분화된 포지션이 다 갖춰진 팀은 우리 팀밖에 없을 것으로 자부한다. 특히 비인기 종목인데다 불모지라고 인식돼 있던 스포츠였으니 단기간 이 같은 성장이 놀라울 수밖에 없다.

봅슬레이 스켈레톤 대표팀도 처음에는 아무것도 없는 열악한 환경에서 출발했다. 선수 6명과 감독 1명이 전부였다. 지원해주는 곳도 없었다. 관심을 두는 사람조차 없었다. 일반인들의 인식도 봅슬레이 하면 영화 '쿨러닝'의 흑인 영화배우들을 떠올렸다. 우리나라에서도 봅슬레이를 하는 팀이 있다는 걸 모르는 사람들도 많았다.

그런 열악한 환경에서 완벽한 팀을 꾸리기까지 결코 쉽지 않았다. 만약 한꺼번에 모든 환경이 갖춰져야 한다고 조급해했다면 벌써 나가떨어졌을 일이다. 그러나 나는 한 계단씩 한 계단씩 올라야 한다 생각하고, 마치 모자이크를 하듯 한 조각 한 조각씩 퍼즐을 맞춰나갔다.

가장 공을 들인 부분은 '해외 코치의 영입'이었다. 우리나라가 썰매 종목의 후발주자이기 때문에 선진기술과 경험을 가진 코치진을 영입해 그들의 노하우를 배우는 것이 급선무였다.

우리 국민들에게 가장 좋은 모범으로 꼽히는 사례가 바로 축구의 히딩크 감독이다. 거스 히딩크 감독은 2001년부터 2002년까지 대한민국 축구 국가대표팀 감독을 맡아 한국에서 개최된 '2002 한일월드컵'에서 4위라는 전무후무한 기록을 이끌어 냈다.

당시 한국 축구의 수준은 세계 40위에서 4위라는 놀라운 기록을 낸 히딩크의 특별한 리더십이 조명 받았다. 당시 히딩크는 국내 축구가 가지고 있던 고정관념을 깨고 기적의 결과를 이끌어냈다. 물론 우리 대표팀 선수들에게 뛰어난 자질이 숨어 있었겠지만 이를 효과적으로 이끌어낸 사람이 바로 히딩크였다.

나는 국제대회 경험이 많아 노하우를 풍부하게 가지고 있는 외국인 코치를 수소문하기 시작했고 우리 대표팀에게 꼭 필요한 인물이라는 생각이 들면 적극적으로 영입에 나섰다. 영입 역시 한 번에 되지는 않았다. 봅슬레이에서 이름도 역사도 없는 동양의 작은 나라 한국 선수들을 가르쳐야 할 이유가 그들에게는 조금도 없었다. 나는 한두 번 거절당했다고 포기하지 않고 세 번 네 번 문을 두드려 그들을 한국 대표팀의 코치로 오도록 했다.

평창올림픽 대표팀에는 코치가 19명이고, 그중 6명이 외국인 코치다. 19명의 코치진이 30명의 선수들을 담당한다.

이 같은 드림팀을 꾸리기까지 시간이 날 때마다 대한체육회나 진천선수촌 등을 방문해 회장님, 촌장님께 꾸준히 필요성을 강조해 내가 원하는 바를 하나씩 얻어냈다.

회장님, 촌장님들은 내가 원하는 것을 이야기해서 하나씩 제공해줄 때마다 곧바로 성적 향상을 가시화시키기 때문에 부족한 부분을 제공하는 것을 달가워했다.

그런 과정을 거쳐 선수 30명, 외국인 코치 6명을 갖추게 됐다. 만일 처음부터 외국인 코치 6명이 필요하다고 했으면 이뤄지지 않았을 게 분명하다. 차근차근 당위성을 가지고 한 명씩 늘려간 결과가 오늘에 이르렀다.

요즘 내가 가장 열심히 주장하고 다니는 것은 '예비 엔트리'의 필요성이다. 우리 대표팀은 예비 엔트리가 없다. 봅슬레이 2인승 4인승 전원 10명이 출전하는데 만일 선수 한 명이 부상당하면 예비 엔트리가 없기 때문에 시합에 참가할 수 없다.

이런 이야기를 하면 체육회나 문화체육관광부 측에서는 "메달을 딸 수 있는 선수에만 집중하라"고 한다.

그럼 나는 "축구는 11명이 시합에 뛰는데 25명이 엔트리입니다. 야구는 9명이 뛰는데 23명이 엔트리입니다. 아이스하키도 6명이 뛰는데 엔트리는 22명입니다. 봅슬레이 스켈레톤도 엔트리를 늘려야 합니다"라고 주장한다.

하도 자주 이야기했더니 이제는 엔트리의 '엔'자만 꺼내도 "아 그래요, 참고할게요"라고 한다. 지금은 무모한 이야기처럼 들릴 게 분명한 예비 엔트리지만 시간이 지나면 분명히 이뤄질 것으로 나는 믿는다. 그런 믿음을 가지고 꾸준히 시도하는 것이 내가 해야 할 역할이며 이 시도가 봅슬레이 스켈레톤 팀을 업그레이드 시킨다.

국내 스포츠계에는 아직도 불모지로 남아있는 무수히 많은 영역들이 존재한다. 그 종목들도 국가차원에서 체계적인 지원이 이뤄진다면 봅슬레이 스켈레톤처럼 국위선양을 할 수 있는 스포츠로 성장할 수 있다. 봅슬레이 스켈레톤 대표팀이 모든 스포츠의 표본이 되는 계기가 되기를 바란다.

윤성빈 선수가 금메달을 딴 후 국기게양대에 태극기가 가장 높이 올라가 감동을 전했다.

03

말콤 로이드 코치와의
아름다운 인연

몇 년 전부터 해외 대회에 참가할 때마다 선수들은 헬멧에 알파벳 G를 새겨넣고 있다.

봅슬레이 스켈레톤 국가대표 선수들을 지도했던 영국인 코치 말콤 로이드를 추모하는 의미의 글자다. 말콤 로이드 코치의 별명인 '곰머'의 앞글자 G를 땄다. 선수들은 로이드 코치에 대한 감사와 헌정의 의미를 담아 말콤 로이드를 상징하는 알파벳 G를 새긴 스티커를 붙이고 최선을 다해 얼음트랙을 달렸다.

"평창동계올림픽까지 메달을 향해 앞으로 나아가라."

말콤 로이드 코치가 대표팀 선수들을 가르칠 때 가장 많이 했던 말이다. 선수들은 말콤 로이드 코치의 말을 유언 삼아 가슴에 품고 달렸고, 그의 바람대로 평창동계올림픽에서 금메달을 거머쥐었다. 선수들은 올림픽 금메달의 기쁨을 말콤 로이드 코치에게 바쳤다.

말콤 로이드 코치는 한국 봅슬레이 스켈레톤 대표팀에는 잊을 수 없는 이름이다. 이름만 들어도 가슴이 뭉클해지고 눈가가 촉촉해진다. 대한민국의 봅슬레이 스켈레톤 수준을 세계적인 수준으로 끌어올려준 주인공이다. 그는 우리에게 많은 사랑을 전해주고 거짓말처럼 우리 곁을 떠났다.

로이드 코치에 대한 선수들의 마음이 담긴 메시지.

영국인으로 캐나다에 거주했던 그가 한국 국가대표 선수들을 지도하기 위해 한국으로 온 것은 2013년 10월이다.

2013년 3월 아메리카컵 8차대회에서 금메달을 딴 후 2014년 소치동계올림픽을 준비해야 하는 상황이었다. 아메리카컵에서 금메달을 딴 기쁨도 잠시, 선수들의 실력은 그 상태를 답보하고 있었다. 그러나 이미 금메달을 딴 선수들이기에 감독으로서 더 이상 강하게 밀어붙일 수는 없었다. 게다가 내가 선수로 뛸 당시 금메달을 따본 적이 없었기 때문에 금메달을 딴 선수들을 지도한다는 것이 한계에 도달했다는 느낌이 들었다.

"내가 감독이니 무작정 내 말을 따르라"고 한다면 그건 선수들에게 잘못된 것을 가르치는 셈이었다. 그런 상황이었기에 우리 선수들의 실력을 한 단계 더 업그레이드할 수 있는 외국인 코치의 존재가 더욱 절실해졌다.

그때 적임자로 떠올랐던 인물이 영국인 출신 데니스 말콤 로이드 코치였다. 2013년 5월, 나는 세계적으로 경기 경험이 많은 선수 출신의 지도자 로이드 코치가 한국 대표팀 코치로 온다면 한국의 봅슬레이가 빠르게 성장할 수 있다고 판단해 영입할 것을 계획했다. 그의 지도력은 세계 최고였기 때문이다.

캐나다에 거주하고 있었던 말콤 로이드 코치에게 진심을 담은 이메일을 보내 한국 봅슬레이 대표팀의 코치로 와달라는 요청을 했다. 당시 우리 형편에는 외국인 코치에 국제 수준의 금전적 대우를 해줄 수 있는 비용이 없었다. 이런 사실도 솔직하게 얘기했다.

"우리는 외국인 코치에 제대로 된 대우를 해줄 비용이 없다. 다만 소치동계올림픽이 끝나고 난 후에는 평창동계올림픽에 초점을 맞추게 되니 지원이 늘어나면 제대로 대우해드리겠다."

돈도 없이 세계적인 수준의 코치를 영입하겠다는 내 생각이 말이 되지 않았지만, 나로서는 무척 절실했기에 감추지 않고 솔직하게 이야기했다.

말콤 로이드 코치는 "나는 돈은 필요 없다. 전부터 한국팀을 눈여겨봤다. 한국 선수들은 스타트가 무척 빠르다. 가르쳐보고 싶다"고 답장을 보내왔다.

무척 놀라운 일이었다. 세계적인 코치가 평소 한국 선수들을 눈여겨봤으며 한국 선수들을 기꺼이 가르쳐주고 싶다고 했으니.

보통 외국인 드라이빙 코치의 경우 통상 8~10만 달러(한화 약 8500만원~1억) 정도의 연봉을 받는다. 로이드 코치는 2만 달러(한화 약 2억 1400만원) 정도를 받는 업계 최고의 코치였다. 그런 로이드가 한국 대표팀 선수들을 가르쳐보고 싶다는 단 하나의 이유로, 통상 연봉에 미치지 않는 적은 연봉에도 불구하고 한국 대표팀을 선택했다는 것은 우리에겐 기적과도 같은 일이었다.

04

코치 말콤 로이드의 한국 적응기

말콤 로이드는 우리나라 봅슬레이 스켈레톤 대표팀의 첫 외국인 코치다. 그는 순수한 열정으로 한국행을 택했다. 한국 봅슬레이의 가능성을 높게 평가했고, 그만큼 열정과 의지가 충만했다. 그러나 로이드 코치가 한국 대표팀과 합을 맞추기까지 서로에게 적응하는 기간을 거쳐야 했다.

처음에는 서로의 다른 스타일이 낯설어 여러 트러블이 생겼다. 로이드 코치가 외국인이다 보니 선수들에게 외국 스타일을 요구했다.

가장 큰 점은 드라이빙 기술에 관한 입장 차였다. 로이드 코치는 드라이빙에 있어서 안전을 최우선으로 했다. 한국 봅슬레이 대표팀은 경험이 2~3년 정도밖에 되지 않았기 때문에 위험하게 타다가 다치기라도 하면 소치올림픽은 물론 평창올림픽도 없다는 주장이었다. 물론 맞는 말이었다. 우리라고 안전의 중요성을 왜 모르겠는가.

그러나 한국 봅슬레이 대표팀은 존폐의 당면과제를 해결하면서 생존해야 하는 입장이었다. 가시적인 성과를 내야 국가나 기업의 지원을 받을 수 있고 팀이 명맥을 이어갈 수 있게 된다. 안전하게 타느라 성적을 못 내면 아예 탈 기회를 얻지 못할지도 모른다.

이 같은 내 설명에 로이드 코치가 내게 질문했다.

"용! 너는 무엇을 위해서 선수들을 가르치니? 먼저 선수들이 안전하게 원활히 운동할 수 있게 하는 게 코치 역할 아닐까?"

나 역시 같은 대답을 할 수밖에 없었다.

"그래 그 말도 맞는데, 네가 얘기하는 것처럼 안전하고 원활히 운동하는 환경을 만들려면 성적이 필수야."

로이드는 첫째도 둘째도 셋째도 안전을 주장했다.

"안전을 놓치면 평창까지 가지 못해."

난 새로운 코치를 영입했기 때문에 성적에 대한 기대를 버릴 수가 없었다.

"코너를 돌 때 더 높이 올라가야 더 빨리 내려갈 수 있어. 성적을 내야 해."

"아직 때가 아니다. 장비도 A급이 아니니까 낮게 타라."

로이드는 "소치까지만 하고 끝낼래. 아니면 평창까지 갈래?"라고 물었고, 나는 "당연히 평창이지. 그런데 현재 성적이 없으면 평창은 없다"고 응수했다.

"평창을 위해서는 안전이 필요해."

"물론 알지. 그러나 성적도 중요해."

로이드와 나는 꽤 오랫동안 같은 얘기를 반복하며 자신의 생각을 서로에게 이해시키기 위해 노력했다.

결국 나는 내 뜻을 굽히고 로이드의 의견에 따르기로 했다. 마지막에 로이드가 한 말 한 마디에 더 이상 내 주장을 할 수 없었다.

"용! 너는 나를 왜 코치로 영입했지? 네가 네 뜻대로 하려면 너 혼자 하면 되잖아. 왜 나를 영입했지?"

말콤 로이드 코치는 팀의 경직된 분위기에 대해서도 지적했다.

"용! 한국 선수들은 왜 네가 안 오면 밥을 안 먹고 기다릴까?"

훈련장에서 우리 선수들은 모두 같이 모여서 식사를 했다. 내가 식당으로 가면 선수들이 기다리고 있다가 같이 밥을 먹었다. 한국인의 특성상 어른이 먼저 숟가락을 들어야 한다는 관념이 있었다. 누구도 먼저 밥을 먹지 않고 기다렸다가 동시에 밥을 먹는 모습이 로이드 코치 눈에는 이상해 보였던 것이다.

로이드 코치는 이렇게 말했다.

"내가 방에 들어가면 누워서 쉬던 선수들이 벌떡 일어나 인사한다. 나는 그런 게 싫다. 경기에서 좋은 성적이 나오려면 선수들의 마음이 편해야 한다. 썰매 종목은 선수의 상상력이 풍부해야한다. 상상력이 풍부해야 이 코스도 타보고 저 코스도 타면서 자기의 코스를 정확히 찾을 수 있다. 이렇게 딱딱한 분위기에서 어떻게 상상력을 발휘해 훈련을 할 수 있겠나."

미처 생각해보지 않았던 부분이었지만 상당히 일리가 있다고 생각했다. 로이드 코치는 한국인이 특히 위계질서가 심하다고 했다. 일본에서도 코치를 해봤지만 이 정도까지는 아니라고 했다.

그의 얘기를 듣고 되돌아 생각해보니 우리 팀이 유별났다는 걸 인식하게 됐다. 선수촌 내에서 만나는 다른 종목 지도자들이 나를 부러워했을 정도였다.

식당에 내가 들어가면 선수들 20~30명이 모두 일제히 일어나 인사한다. 식사를 마친 후에도 내가 숟가락을 놓고 일어나기 전에는 자리에서 일어나지 않았다. 비교적 젊은 나이에 지도자가 됐기 때문에 선수들과 나이 차가 아주 많진 않았다. 그런데도 선수들이 깍듯하게 인사하니 연세가 있는 다른 종목 감독님들은 늘 궁금해했다. 어떻게 하면 선수들이 저렇게 인사하느냐고.

로이드 코치의 지적을 받고 난 후 자유로운 팀 분위기를 만들기 위해 하나씩 개선책을 실천하기 시작했다. 식사 시간에 자율적으로 식사를 시작하고 마치는 것부터 매일 하던 훈련도 이틀에 한 번으로 바꿨다. 훈련시간 외의 시간에는 선수들이 마음껏 원하는 시간을 보낼 수 있도록 했다.

그러다 로이드 코치가 자신의 결정을 바꾸게 된 순간이 왔다. 선수들이 훈련을 하면서 하나둘 부상을 입기 시작했기 때문이다. 선수들에게 자율을 최대한 보장한 결과, 팀 분위기가 화기애애해졌지만 긴장감마저 풀려버렸던 것. 선수들이 긴장감 없이 훈련하다 보니 스타트도 늦어졌고 드라이빙도 정교함이 떨어졌다. 그러다가 부상으로 이어지기도 했다.

로이드 코치를 영입한 후 처음 치른 월드컵에서 우리 대표팀은 18위를 했다. 20위까지 결승전에 진출할 수 있었으므로 어쨌든 결승전을 치를 수 있는 성적이었으니 나쁘지 않았다. 그러나 경기가 끝나고 난 뒤 선수들의 기분은 썩 좋지 않았다. 겨우 결승에 진출하는 성적이었으니 분위기가 가라앉는 것은 당연했다.

05

외국인 코치와 정-반-합을 찾아가는 과정

외국팀과 한국팀은 매우 다른 문화를 가지고 있다. 대표적으로 ABC팀으로 운영되는 경우 외국은 어느 팀이 무얼 하든 서로 노터치다. 반면 한국은 ABC팀이 이름만 ABC팀일 뿐 실상은 하나로 운영된다. A팀이 경기를 하면 BC팀이 와서 썰매를 같이 들어주고 챙긴다. B팀이 경기를 할 때는 AC팀 선수들이 챙겨준다. 훈련 후 기록을 담은 비디오를 함께 보면서 연구하는 것은 기본이다.

외국은 철저히 자기네 팀 위주로 훈련한다. 팀별로 숙소를 따로 잡는 경우도 많고, 훈련이나 경기 때 일절 관여하지 않는다. 훈련 기록을 담은 비디오를 공유하는 일은 절대 없다.

처음에는 매우 의아해하던 로이드 코치는 점차 한국 문화에 동화되기 시작했다. 나중에는 밥도 같이 먹고 점점 한국사람이 되어 갔다.

말콤 로이드 코치는 처음에는 한국의 시스템을 잘 이해하지 못했지만 시간이 지나면서 점점 한국에 빠져들기 시작했고, 나중에는 우리 팀을 '아이 러브 코리안(I love Koran)!'이라면서 무척 자랑스러워했다.

유럽인이나 미국인은 타고난 골격이 있기 때문에 강도 높은 훈련을 하지 않더라도 기본적인 몸이 이미 갖춰져 있다. 그러나 우리 한국 선수들은 스파르타식으로 훈련을 하지 않으면 골격이 좋은 유럽인이나 미국인을 이길 수 없다.

미국이나 유럽 선수들은 그 선수들만의 훈련 스타일이 있다. 그들에게 한국인처럼 오전 오후로 매일 훈련시키면 아마도 도망가 버릴 것이다. 그러나 한국 선수들은 매일 강도 높은 훈련을 시켜야 좋은 기록이 나온다.

미국이나 유럽 선수들을 훈련시켰던 방식을 그대로 한국 선수들에게 적용한 결과 희한하게도 성적 하락이 왔고, 결과를 본 로이드 코치의 고민이 깊어졌다. 결국 로이드 코치는 점차 내 의견을 받아들이기 시작했다.

우리는 서로 충분한 대화로 의견을 나눈 후 로이드 코치의 의견과 내 의견을 결합한 방식으로 팀을 운영했다. 로이드 코치와 내가 의견을 하나로 맞춰간 아주 소중한 과정이었다. 이 과정을 통해 로이드 코치는 봅슬레이 국가대표팀을 세계적인 수준으로 끌어올리기 시작했다.

그는 그동안 과학적인 체계가 잡히지 않았던 훈련 방식에 선진 시스템을 도입했다. 이론과 실전을 결합해 나라별로 트랙 코스를 공략하는 방법을 익히도록 가르쳤고, 체계적으로 장비를 관리하는 방법도 알려줬다.

로이드 코치는 코치라기보다 마치 아버지처럼 선수들을 돌봤다. 청소년기의 자식을 가르치듯 썰매의 기술뿐 아니라 삶의 태도에 관해서도 자연스럽게 알려줬다. 선수들은 더 행복하게 썰매를 타는 법을 로이드 코치를 통해 배웠다.

한국인 특유의 뚝심에 로이드 코치의 상상력 교육이 더해져 한국의 봅슬레이 수준은 하루가 다르게 성장했다.

2015~2016시즌 한국 봅슬레이 스켈레톤 대표팀은 세계랭킹 1위를 기록하기에 이르렀다. 아시아인은 썰매종목에서 메달을 딸 수 없다는 편견을 깬 역사적인 사건이다.

06

거짓말처럼 사랑을 주고 떠나다

전지훈련을 위해 비행기를 타고 날아가 호텔에 짐을 풀었을 때였다. 나는 로이드 코치와 같은 방을 사용했다.

잠자리에 들었는데 그날따라 로이드 코치의 숨소리가 거칠었다. 잠을 자다가 깨서 로이드 코치의 숨소리에 다시 잠을 못 이룰 정도였다. 그때 알아차렸어야 했다. 그가 많이 아팠다는 것을.

그러나 나는 그저 비행기를 장시간 타고 와서 생긴 제트레그(Jet lag) 정도로만 생각했다. 나는 "병원에 가서 검사를 받아보라"고 얘기했고 그는 아무렇지도 않게 "알았다"고 했다.

전지훈련을 마치고 로이드 코치는 자신의 고향인 영국으로 돌아가 잠시 가족들을 만나고 돌아오겠노라고 했다. 곧 다시 만날 테니 특별할 것 없이 평범한 인사를 나누고 헤어졌다. 잠시 집에 다녀오겠다고 한 로이드 코치는 다시는 우리 곁으로 돌아오지 못했다.

"용! 남편 로이드가 세상을 떠났어요."

로이드 코치 부인의 전화를 받은 나는 충격에 휩싸여 전화를 떨어뜨릴 뻔했다.

잠시 다녀오겠다고 집으로 돌아간 로이드 코치는 건강 악화로 병원에 입원했고, 암이 퍼져 몇 개월 만에 사망했다고 했다. 몰랐던 사실인데 한국으로 오기 전 이미 한 차례 암을 수술을 했던 로이드 코치는 한국대표팀 코치로 일하던 중 암이 재발했다는 사실을 알았지만 다시 투병을 하지 않고 대표팀을 가르치는데 전념했다. 병원에서 암 투병을 하며 죽음을 맞이하기보다는 한국 선수들에게 열정적으로 자신의 모든 것을 알려주고 삶을 마감하고 싶었던 것이 그의 진심이라는 사실을 뒤늦게 알고 나는 마음이 먹먹해져 아무 말을 할 수가 없었다. 그렇게 그는 열정적으로 한국 대표팀 선수들에게 모든 것을 알려주고 2016년 세상을 떠났다.

나를 비롯해 우리 선수들의 비통한 마음은 무어라 표현할 수 없을 정도였다. 우리 팀에서 로이드 코치가 얼마나 큰 존재감을 가지고 있었는지, 그가 떠난 후에 더욱 생생하게 실감할 수 있었다.

마음이 아파서 경기장에 나가 훈련을 할 수가 없었다. 경기장에 나가면 로이드 코치가 떠올라 차마 경기장에 나갈 엄두가 나지 않았다. 숙소에서 하염없이 멍하게 앉아 떠난 그를 추억하고 있었다. 그렇게 일주일 정도 지났을까. 로이드 코치와 나 두 사람 모두 다 잘 아는 외국인 동료가 내 방을 찾아왔다.

"용! 네가 이렇게 슬퍼하고만 있는 걸 곰머가 안다면 무척 속상해 할 거야. 네가 빨리 마음을 추스르고 대표팀을 잘 이끌어나가기를 바라고 있을 거야. 그 사실을 기억해."

그 말을 들은 나는 다시 마음을 다잡을 수 있었다. 그랬다. 우리는 로이드 코치가 우리에게 준 헌신적인 사랑에 보답하기 위해서라도 다시 달려야 했다. 아니, 금메달을 따야 했다.

로이드 코치가 돌아가시고 난 뒤
선수들이 딴 첫 메달을 추모식에서
가족에게 헌정했다.

07

피에르 루더스 코치 영입

말콤 로이드 코치는 세계의 봅슬레이 코치 중 연장자였다. 국제연맹에서 활동하는 심판들 대부분 로이드 코치의 제자들이다. 또 공교롭게도 현재 한국 봅슬레이 스켈레톤 국가 대표팀에서 주행 코치로 활동하고 있는 피에르 루더스 코치 역시 로이드의 제자다. 피에르 루더스 코치를 한국 대표팀 주행 코치로 영입할 때는 로이드 코치 부인의 조언을 반영했다.

처음엔 다른 외국인 코치와 피에르 루더스 코치를 놓고 저울질했다. 한 명은 로이드 코치의 친한 친구였고, 피에르 루더스는 로이드 코치의 제자였다.

누구를 영입할지 고민하다가 로이드 코치 부인에게 물어봤다.

로이드 코치 부인은 로이드 코치의 선수 시절부터 코치 활동까지 오래 지켜보면서 내조했던 까닭에 누구보다 봅슬레이 스켈레톤에 전문적인 식견을 가지고 있었다.

로이드 코치 부인은 나에게 피에르 루더스를 코치로 선택하라고 조언했다.

"현재 한국팀에 절실하게 필요한 코치는 실력자다. 피에르 루더스가 적임자다."

이 말을 듣고 나는 피에르 루더스로 마음을 굳히고 그에게 장문의 이메일을 보냈다.

피에르 루더스는 러시아 출신으로 금메달을 두 개나 딴 레전드 선수 출신 코치다. 코치로서도 금메달을 일궈내 지도 능력도 인정받았다. 한국 대표팀에 아무 관심이 없던 사람이었다. 이메일을 보내 한국팀에 와달라고 제안했더니 "관심이 없다"는 답을 보내왔다.

자신이 굳이 한국팀에 가서 코치를 할 필요가 있겠냐면서 하지 않겠다고 메일을 보내왔다. 처음부터 단호한 거절의 답을 듣고는 참담했다. 그러나 피에르 루더스를 꼭 영입하고 싶었던 나는 다시 메일을 보냈다.

"혹시 한국에 와본 적이 있느냐. 여기는 전 세계에서 유일하게 남아 있는 분단국가다. 정말 흥미로운 국가다. 남북한 경계선에도 가볼 수 있다. 당신이 한국 국가대표팀을 선택하지 않더라도 한 번은 와볼 만한 나라다. 비행기와 숙소, 체류비를 제공하겠다. 여기 와서 우리 대표팀이 훈련하는 것을 일주일만 보고 가라. 여행이라고 생각하면 어떤가."

피에르 루더스 코치는 답장을 통해 "한국을 한 번도 가본 적이 없으니 한 번 방문해보고 싶다"고 했다.

나는 자신이 있었다. 외국인 코치들은 우리 선수들이 훈련하는 걸 보면 놀란다. 코치가 플랜을 짜서 시키면 시키는 대로 훈련한다.

외국 선수들은 그런 법이 없다. 코치가 훈련을 하라고 해도 "난 오늘 쉴 거다"라면서 자신의 계획대로 움직인다. 외국인 코치들은 선수들이 비용을 대고 고용하기 때문에 선수가 훈련을 쉬겠다고 하면 강요하지 못한다.

우리 선수들은 코치가 7시에 훈련을 시작한다고 얘기하면 6시 45분쯤 와서 몸을 풀면서 코치를 기다린다.

오전에 웨이트 운동을 하고 오후에 육상훈련 및 썰매 주행연습을 한다. 피에르 루더스 코치는 우리 선수들이 오전 네 번, 오후 네 번 하루 여덟 번 씩 썰매를 타고, 하루도 빼놓지 않고 웨이트 훈련을 하는 모습을 보고 놀라는 눈치였다. 그것도 그럴 것이 외국의 선수들은 하루 두 번에서 세 번 정도 썰매를 타는데 우리는 그들의 2~4배 이상 타는 셈이기 때문이다. 외국 선수들은 자신의 컨디션에 따라 트랙 연습을 거절하는 경우도 많은데 이때 코치들은 개인의 선택을 두고 볼 수밖에 없다.

루더스 코치는 "너희들은 무척 대단하다. 정신력이 대단하다. 항상 깨어 있다. 전 세계에서 강대국들은 훌륭한 선수풀을 무척 많이 가지고 있는데 너네 나라는 딱 10명을 가지고 세계에 도전장을 내민다는 게 대단하다. 그런데 지켜보니 너희가 잘하는 데는 다 이유가 있는 것 같다"고 감탄했다.

특히 러시아 선수들과 대조적이라고 했다. 점차 한국에 흥미를 보이는 모습이었다. 하루도 빼놓지 않고 같은 스케줄을 반복하는 대표팀의 훈련하는 모습을 보면서 하루하루 신기해하던 루더스 코치에게 약속한 일주일째 돌직구를 던졌다.

"언제 우리랑 계약을 하겠나. 어떻게 계약하고 싶니?"

그는 "연봉만 맞으면 한국에 와서 일해보고 싶다"면서 연봉 10만 달러(한화 약 1억 850만원)를 원한다고 했다.

예측했던 금액이었기에 나는 흔쾌히 수락했고 그렇게 루더스 코치를 영입할 수 있었다. 루더스 코치는 "나는 인생에 있어서 한국에 온 게 정말 판타스틱한 경험이다. 한국 대표팀들과 함께한 다는 게 굉장히 좋다"고 뿌듯해한다. 루더스 코치는 한국 대표팀을 맡아 우리가 전혀 생각하지 못했던 지도법으로 대표팀의 실력을 또 한 번 업그레이드시켰다. 결국 로이드 코치 부인의 안목이 정확했던 셈이다. 루더스는 진짜 한국팀에 꼭 필요한 코치였다.

우리 선수들은 경기에서 로이드 코치를 추모하는 의미에서 곰머의 G글자를 헬멧 스티커로 붙여 새겨 넣고 달렸다. 이 모습을 본 뒤 루더스 코치가 무척 감동을 받았다.

한국 선수들이 감독이나 코치를 대하는 태도나 존경하는 마음, 외국에서는 찾기 어려운 정(情)을 차츰 이해하면서 선수들이 갖는 로이드 코치에 대한 애정에 대해 무척 기뻐했다.

자신도 진실하게 한국 선수들을 가르치면 로이드 코치처럼 무한 신뢰를 받을 수 있다는 것을 믿게 되면서 더욱 헌신적으로 선수들을 지도했다.

08

평창동계올림픽의 메달 전략

평창동계올림픽에서 메달을 일궈낸 것은 치밀한 전략의 승리라 하고 싶다. 크나큰 선택의 기로가 있었고 총감독으로서 결단을 내렸다. 그 결단의 결과가 아시아 최초 스켈레톤 금메달과 봅슬레이 은메달이라는 값진 선물로 돌아왔다.

먼저 평창동계올림픽 출전 순서를 결정하는데 필요한 세계대회에 참가 때의 일이다. 봅슬레이 원윤종-서영우 조의 세계랭킹은 2016~2017시즌 3위였다가 2017~2018시즌에는 8차례 월드컵 대회 중 3회 출전해 10위, 13위, 6위를 했다. 나머지 대회는 출전을 포기하고 조기 귀국을 결정했다.

훈련을 정말 열심히 했기 때문에 자신감을 가지고 미국 월드컵

대회에 출전했는데 첫 대회에서 10위를 했을 때 정말 믿어지지가 않았다. 절망적이었다.

평소 연습기록을 보면 나는 선수들의 대회 성적을 정확히 예측할 수 있다. 연습 기록대로라면 실전에서 1위를 했어야 했다. 그런데 막상 시합을 하니 10위였다. 기록을 살펴보니 한 번 탈 때마다 0.2초의 오차가 있었다. 한 번에 0.2초, 두 번에 0.4초 차가 났다.

지금까지 나의 경기 예상은 거의 빗나간 적이 없었다. 빗나가 봐야 금메달이 은메달로, 은메달이 동메달로 한 계단 정도 내려앉은 적은 있지만 1위를 예측했는데 10위를 할 정도로 크게 빗나간 적은 이번이 처음이었다.

문제가 뭘까? 원인을 찾기 시작했다.

봅슬레이는 하강할 때 시속 130km의 스피드가 난다. 바람의 영향을 덜 받으면서 스피드를 유지하기 위해서는 2인승의 경우 뒤에 앉는 선수가 바짝 엎드려줘야 한다. 그런데 뒤에 앉았던 서영우 선수가 허리 부상으로 평소보다 허리를 덜 숙인 결과 대회에서 0.2초의 차이가 났던 것이었다.

예측 못한 일은 또 발생했다. 캐나다 2차 대회에 출전을 앞두고 훈련을 하던 첫날 전복 사고가 발생했다. 그 즈음에는 단 한 번도 전복 사고가 난 적이 없었는데 훈련에서 썰매가 전복되고 말았다.

감독도 선수도 당황스럽고 답답한 상황이었다. 봅슬레이는 한 대회에서 2인승과 4인승을 타야 한다. 다음 날 4인승을 타야 하는데 전복 사고를 겪고 난 선수가 썰매 타기를 두려워했다. 연습을 마치고 시합에 출전했는데 전복 사고의 두려움을 떨치지 못해 결국 6위를 했다. 만일 연습 때의 전복 사고가 아니었다면 3위를 했을 텐데 전복으로 인한 부상과 두려움 때문에 6위를 했다.

평창동계올림픽에 2인승 2팀, 4인승 2팀을 출전시킬 계획인 상황에서 A급 선수가 전복 사고로 부상을 입었다. A급 선수가 다쳤음에도 불구하고 경기는 계속 참가해야 하는 상황이었다. 어떻게 할까 고민을 많이 했다.

그리고 칼을 빼들었다. 대회 참가를 계속하게 되면 선수의 부상이 더 심해질 게 뻔하고, 그렇게 되면 평창동계올림픽에 최상의 컨디션으로 참가하기 어렵다. A급 선수 코치와 상의해 더 이상 시합을 뛰지 말자는 제안을 했다. 나름대로 마음의 결정을 내린 상태에서 선수들의 의견을 물어봤다.

선수들 모두 올림픽에 참가하고 싶은 마음은 똑같았을 것. 선수들은 "올림픽에 나간들 메달을 못 따면 나가는 게 무슨 의미가 있냐. 시합을 치르는 것보다는 유력 선수가 부상을 치료하는 게 먼저일 것 같다"고 대답했다.

그동안 국가대표팀을 운영하면서 "우리는 하나"라는 생각을 가지고 있었지만 선수들이 모두 한마음으로 팀 전체를 위해 이야기해주니 감동이 컸다.

연맹에 나머지 시합 참가를 중단하고 복귀하겠다고 보고하고 중도 귀국해 바로 평창동계올림픽을 준비하기로 했다.

이 같은 대표팀의 행보에 언론에서 난리법석이 일어났다. 주 내용은 인권 침해라는 거였다. 모든 선수들이 올림픽에 참가하기 위해 고생했는데 한 선수가 다쳤다고 경기를 포기하면 다른 선수들의 땀과 노력은 뭐가 되느냐는 지적이었다.

여론이 좋지 않을 거라는 건 알고 있었다. 그러나 나에게는 선택의 여지가 없었다. 선수를 보호하고 메달이라는 두 마리 토끼를 잡아야 했다. 언론의 뭇매를 맞고 직무정지를 당하는 최악의 상황이 오더라도 승부수를 띄울 수밖에 없었다. 당장 나쁜 얘기를 듣지 않는 것보다는 나중에 좋은 결과를 내는 것이 중요하다. 내가 욕을 먹더라도 우리 선수를 보호하고 좋은 결과를 낼 수 있는 방법을 선택했다.

경기를 중도 포기하고 귀국해 다친 선수의 부상 회복에 힘썼다. 선수들 모두 평창동계올림픽에서 더 열심히 해야 한다는 마음가짐을 가지고 있었다. 침울했던 분위기가 점점 살아났다. 그 결과 최상의 컨디션으로 올림픽에 출전할 수 있었다.

평창동계올림픽에서 승부수를 건 또 하나의 전략이 있다. 올림픽 경기가 치러지기 전까지는 나를 비롯한 극소수의 코칭 스태프 진들만 비밀을 공유한 내용이다.

2018 평창동계올림픽에서 봅슬레이 주행 순서에 관한 룰이 바뀌었다. 봅슬레이는 주행 순서가 매우 중요하다. 슬라이딩 트랙은 먼저 탈수록 유리하다. 뒤로 갈수록 얼음이 깎이면서 주행에 방해를 받는다. 주행 순서는 월드컵에 참가해 좋은 성적을 내는 것으로 결정된다. 월드컵에서 1등을 하면 1번으로 주행하고 2등을 하면 2번으로 주행한다. 30등은 30번째로 타게 된다. 이것이 기존 올림픽 룰이었다.

그런데 2018 평창동계올림픽에서는 룰이 바뀌었다. 평창동계올림픽에서는 경기 기록에 따라 순위별로 출전권을 제공하는 데서 하위권들에게도 기회를 제공하는 쪽으로 변경됐다. 하위권 그룹에도 혜택을 제공하기 위해 24등부터 30등까지 7개팀을 랜덤으로 돌려 그중 5팀에게 1, 2, 3, 4, 5번 주행권을 주기로 한 것이다. 그러므로 세계랭킹 1등이 6번을 타게 된 셈이다. 24등부터 30등까지 7팀 중 랜덤으로 1~5번을 받을 확률은 72%다.

만일 평창동계올림픽에서 이 같은 주행 순서 규칙이 생기기 않았다면 나는 우리 선수들을 끌고 월드컵에 모두 출전해 포인트를 따기 위해 애썼을 게 분명하다. 그러나 평창동계올림픽에서 하위 그룹에 대한 배려의 룰이 생겼다. 그리하여 하위권 나라에 출전권을 제공하는 쪽으로 달라졌다. 이 같은 규칙의 변경됨에 따라 작전을 바꿨던 점이 유효하게 작용했다.

새롭게 바뀐 규칙 때문에 하위권에 속하더라도 추첨을 통해 7개국 중 5개 팀 이내에 뽑히면 앞자리 주행 순서를 받을 수 있다.

나는 상황을 둘러보면서 고민했다. 예상치 못한 썰매 전복으로 부상을 입은 선수를 데리고 시합에 출전하게 되면 성적이 제대로 나오지 않을 것은 분명하다. 출전해봐야 포인트를 따는데 도움이 되지 않는다. 그럴 바에야 남은 경기를 포기하고 빨리 복귀해서 자국의 트랙에서 훈련을 하면서 경험치를 높이는 것이 유리하다고 판단했다.

추첨을 통해 주행 순위 5위 안에 선정된다면 메달을 딸 수 있다는 확신이 들었다. 그러나 만일 24등부터 30등까지 7팀 중 5번

안에 선정되지 못한다면 어떻게 할까. 5위 안에 선정되지 않을 경우 29, 30번에서 타야 한다. 30번을 뽑게 되면 정말 힘든 게임을 해야 한다. 1번과 30번은 0.1초 차이가 난다. 이 0.1초를 당기기 위해서는 어떻게 해야 할까. 0.1초를 당기기 위한 실험을 해보자는 쪽으로 마음을 굳혔다.

코치진들을 모아놓고 이 같은 내 생각을 이야기했다.

"우리 남은 경기를 포기하고 한국으로 들어가서 홈트랙 적응 훈련을 하는 것이 어떨까?"

피에르 루더스 코치는 심각한 표정으로 말이 없었고 다른 외국인 코치가 나에게 불같이 화를 냈다.

"용! 미쳤구나. 너는 코치 자격이 없다! 어떻게 경기를 포기하고 돌아가자고 할 수가 있지? 나는 너와 더 이상 일을 못하겠다!"

나는 화를 내는 코치에게 진심으로 미안한 마음을 담아 사과했다.

"미안해. 이런 얘기를 하게 돼서 정말 미안해. 하지만 이 방법 밖에는 답이 없을 것 같아서 그랬다."

생각에 잠겨있던 피에르 루더스 코치가 내게 말했다.

"용! 네가 어떻게든 메달 따기 위해 이런 안을 제시했다는 걸 안다. 네가 팀에 해로우라고 이런 얘기를 한 건 아닐 것이다. 나에게 하루만 생각할 시간을 달라."

다음 날 피에르 루더스 코치와 마주 앉았고 그가 말했다.

"내가 하루의 시간을 달라고 한 것은 계산이 필요해서였다. 네 제안을 받아들이겠다, 받아들이지 않겠다를 고민하기 위한 것은 아니었다. 만약 30번째로 주행하게 됐을 때 어떻게 해야 할지를 계산해봤다. 썰매를 충분히 더 좋게 만들고 날을 더 좋게 만든다면 우리는 30번째 주행으로도 더 좋은 기록을 낼 수 있다는 결론이 나왔다. 너는 분명 1번부터 5번째 주행할 확률을 생각하고 조기 귀국을 결정했겠지만 나는 30번이 될 경우에도 우리가 충분히 가능하다는 걸 찾아냈다."

피에르 루더스 코치는 0.1초의 갭을 장비를 개선하고 더 많이 주행하는 것으로 극복할 수 있다는 계산을 가지고 돌아왔다.

그리하여 지난해 10월 9일 월드컵 4차 대회부터 경기를 포기하고 귀국했다. 어떻게 보면 위험한 도박이라는 지적을 받기도 했다. 그러나 선수들과 연맹은 나의 판단을 믿고 따라줬고, 그 결과가 평창동계올림픽에서 은메달로 입증됐다.

행운의 여신은 쉽게 웃어주지 않았다. 봅슬레이 2인승에서 컴퓨터 추첨 결과 30개팀 중 30번째로 주행하게 됐기 때문이다. 불행하게도 30번째 주행 순서를 받으면서 선수들은 긴장한 표정이 역력했다. 그동안 자국 트랙에서 하루 8번씩 400회 가량의 주행을 연습해온 선수들이었지만 30번째 주행이라면 고르지 못한 빙면으로 인해 어떤 돌발 상황이 발생할지 알 수 없는 일이므로 긴장하는 것은 당연했다.

스켈레톤 윤성빈 선수가 400회에 육박하는 연습으로 눈 감고도 탈 수 있는 경지에 이르러 자신감 넘치게 금메달을 땄던 것과는 조금 다른 양상이 펼쳐지고 있었다. 나 역시 지금까지 자신감 넘치게 나만의 승부수를 띄우며 달려왔지만 30개팀 중 30번째 주행이라는 복병을 만나니 긴장감을 떨치기 어려웠다.

그러나 나는 7년째 대표팀을 이끌어 오면서 행운의 여신이 우리 팀을 보살펴주고 있다는 느낌을 받은 적이 많았다. 어쩌면 말콤 로이드 코치가 하늘에서 우리를 지켜봐준다는 생각 때문인지 모른다. 하늘에서 한국 선수들이 좋은 성적을 내도록 지켜봐주고 이끌어주는 것만 같은 느낌을 가지고 있었고, 30개팀 중 30번째 주행 순서를 받았을 때도 역시 그랬다. 올림픽 경기에 참가하기까지 벌어졌던 다양한 우여곡절들이 어쩌면 우리 팀이 금메달을 따기 위해 마련된 장치가 아닐까 싶을 만큼 모든 일들이 극적으로 풀려왔다. 30번째 주행 순서는 어쩌면 가장 극적인 승리를 얻게 하기 위한 장치일지도 모른다. 게다가 우리는 30번째 주행 순서마저도 예측한 포트폴리오가 있었다. 그렇게 생각하자 어느새 불안감은 사라지고 그 자리를 자신감이 채우고 있는 것을 알게 됐다.

그러나 봅슬레이 2인승에서 30번째 주행의 핸디캡을 결국은 극복하지 못했다. 2월 19일 메달이 유력했던 2인승에서 메달을 놓치고 나니 팀 분위기가 급속하게 냉각됐다.

나는 분위기 전환을 위해 선수들을 모아놓고 이야기했다.

"2인승에서 우리가 너무 긴장했다. 운이 좋지 않아 30번을 뽑은 것이 안타깝지만 우리의 힘으로 어쩔 수 없는 일이었다. 이제 지나치게 부담을 느끼지 말도록 하자. 4인승은 긴장하지 말고, 메달을 꼭 따야 한다는 생각을 버리고 즐기면서 타자. 너희들은 그동안 충분히 열심히 했다."

2인승 대회를 앞두고 긴장감을 팽팽하게 끌어올렸다면 4인승에서는 최대한 자유로운 분위기를 만들어주기 위해 노력했다.

그리고 봅슬레이 남자 4인승에 출전한 원윤종-서영우-전정린-김동현 조는 4차에 걸친 시합 끝에 아시아 최초 봅슬레이 은메달이라는 기록의 주인공이 됐다.

07

피에르 루더스 코치에게 배운 것

나는 선수로 활동할 때 롤모델을 가지지 못했다. 정보가 없었기 때문이다.

지도자로 변신한 후 가장 큰 롤모델은 대표팀에서 함께 활동하고 있는 피에르 루더스 코치다. 그는 정말 대단한 이력의 소유자다. 올림픽에서 금메달 한 개, 은메달 한 개를 딴 선수기 때문이다. 그는 자신의 경험을 바탕으로 한 효과적인 지도법을 가지고 있었다.

그가 가진 지도이론 중 가장 인상적인 것은 "이기는 경기를 하라"는 조언이었다.

피에르 루더스는 우리 선수들에게 드라이빙 기술을 가르치는 것뿐 아니라 이기는 법을 가르쳐줬다.

항상 입버릇처럼 이야기했다.

"나는 이기기 위해 한국에 왔다."

평창동계올림픽 직전 테스트 이벤트가 열렸을 때였다. 피에르 루더스가 아직 한국으로 합류하기 전이었기에 나는 그에게 이메일을 보냈다. 그는 내게 메일을 보내 "테스트 이벤트에서는 아무 것도 하지 말고 평범하게 타라"고 했다.

나는 "테스트 이벤트에서 잘 타면 메달 가능성이 높아지는데 아무것도 하지 말라니 무슨 소리인가. 나는 최선을 다하고 싶다" 고 했다.

그랬더니 그는 "너는 2010년도 밴쿠버동계올림픽 테스트 이벤트 대회에서 누가 금메달을 땄는지 아느냐. 2014년 소치동계올림픽 테스트 이벤트에서는 누가 1등했는지 알고 있나? 테스트 이벤트에서 1등을 한 사람은 아무도 기억하지 않는다. 그러나 올림픽에서 금메달을 따면 세계가 기억한다. 테스트 이벤트에는 신경 쓰지 말고 올림픽에 집중하라"고 말했다.

맞는 말이었다. 테스트 이벤트는 테스트 이벤트일 뿐 올림픽이 아니었다. 나는 선수들에게 가벼운 마음으로 테스트 이벤트에 참가하라고 말했고 그 결과 5등을 했다.

열심히 하는 것도 중요하지만 이기는 것이 더 중요한 것이 스포츠의 세계다. 피에르 루더스는 그 사실을 정확히 알았고 이기기 위한 방법을 알았다.

현대자동차의 썰매와 라트비아의 썰매 중 어느 썰매를 탈 것인가를 두고 고민할 때도 그의 조언이 큰 작용을 했다.

"용! 금메달이야? 현대자동차야?"

그는 내가 어떤 판단을 할 때 주변의 복잡한 것들을 다 걷어버리고 핵심을 찌르는 질문을 통해 쉽게 선택하도록 만든다.

"물론 금메달이지."

그는 웃으며 말했다.

"그럼 됐어. 라트비아야."

처음에는 철저히 유럽 선수들을 기준으로 훈련을 시켰던 피에르 루더스는 지금은 오히려 나보다 더 강도 높은 훈련을 시키는 코치로 변화했다. 올림픽 직전에도 하루 8번씩 썰매를 타도록 했다. 하루 8번의 썰매를 타면 선수들은 녹초가 된다.

오히려 내가 "하루 8번은 너무 많지 않아? 올림픽이 얼마 안 남았는데 좀 쉬어야 하는 거 아닐까?" 하면 그는 이렇게 말했다.

"용! 선수들이 후회 없이 타봐야 해. 그래야 후회가 남지 않아."

피에르 루더스가 이기는 법을 안다는 것은 테스트를 엄청나게 한다는 거였다.

아이스 온도, 에어 온도를 살피고 아이스 온도를 1도 내렸을 때 어떤 효과가 나는지 그는 매 순간 테스트하고 기록으로 데이터베이스화한다.

"용! 내일은 선수들이 하루 쉬어야 해."

"훈련을 쉰다고? 왜?"

그럼 피에르 루더스는 말없이 자료를 내 눈앞에 내밀었다. 그 자료에는 30번 주행 후 한 번 쉬어야 훈련 효과가 높다는 데이터가 담겨 있다. 선수들을 지도하는데도 데이터가 유용하게 작용했다. 훈련을 하는 이유, 훈련을 쉬는 시기 등에 대한 판단을 정확한 데이터를 바탕으로 결정하기 때문에 선수들은 믿음을 가지고 훈련을 임한다.

평창동계올림픽에서 얼음 트랙의
시간대별 온도를 체크한 보드.

10

30번째로 주행하는 핸디캡을 넘어라

30번째로 주행할 경우를 대비해 홈 트랙에서 400회 가까운 주행연습을 했다. 30번째로 주행하게 되면 첫 번째로 주행한 팀에 비해 이론상 0.1초가 늦게 된다. 이 0.1초를 당기기 위해 수없이 많은 시뮬레이션을 했고 연습을 통해 실제로 극복하기 위한 방법들을 찾았다.

썰매종목은 스피드가 생명이다. 0.01초를 다툰다. 선수의 몸무게 0.1kg, 썰매날의 매끄러움이 경기의 결과를 좌우하는 무척 예민한 종목이다. 어찌 보면 단순히 질주해 내려온다고 생각할 수 있는 종목이지만 여러 변수가 많은, 한없이 예민한 종목이다.

다른 종목에 비해 룰도 단순하고 선수도 단출해 감독이 하는

봅슬레이 2인승에서 30번째로 주행하는 핸디캡을 넘지 못한
원윤종, 서영우 선수는 4인승에서 좋은 경기를 펼쳐 은메달을 거머쥐었다.

일이 별로 없어 보일 수도 있다. "작전이라는 것이 뭐가 있겠어"라고 생각할 수 있다. 그러나 그 단순해 보이는 속에서도 감독의 결정에 따라 다양한 변수가 생기고 결과가 달라진다.

앞에서도 얘기했다시피 봅슬레이는 주행 속도가 시속 130km를 넘나든다. 썰매에 타서 활강을 시작하면 아무 생각을 할 수가 없다. 경기를 하면서 어떤 생각을 가지고 탄다는 것은 불가능하다. 수많은 연습을 통해 몸에 익혀 무의식적으로 타야 하는 것이 봅슬레이다.

일반적으로 400~500번 타서 기록을 향상시키는 것이 홈트랙 이점이라고 오해하기 쉽다. 올림픽에서는 총 4번의 주행 성적을 합산한 결과로 순위를 매기게 된다. 홈트랙 이점은 연습을 많이 해서 주행 속도를 앞당기는 것이 아니라 여러 번 타서 '실수가 나오지 않게 하는 것'이다. 네 번 타서 네 번 다 똑같은 기록이 나오게 해야 한다. 세 번 잘 타고 한 번 못 타는 것보다 네 번 꾸준히 타는 게 낫다. 실수에서 갭이 벌어진다. 1등과 2등은 0.05초 차이 정도다.

우리 대표팀 선수들은 총 400회가 넘는 회수로 썰매를 탔기에 다른 나라 선수들보다 경험치 면에서 월등하다. 다른 나라 선수들이 네 번 탔을 때 한두 번 실수가 나오는 것이 필연이라면 우리 선수들은 네 번 모두 고른 성적을 낼 수 있는 기틀을 다졌다.

얼음의 온도에 대한 적응력도 강화했다. 얼음의 온도도 선수들이 주행하는데 큰 영향을 미친다. 얼음의 온도가 -3도 정도이면 얼음이 부드러워서 턴이 잘 된다. 그러나 -9도쯤 되면 얼음이 딱딱해 턴이 잘되지 않아 조정이 쉽지 않다. 보통 -3도의 얼음에서 연습하는데 우리 선수들은 -9도의 가장 어려운 얼음에서 연습해 어떤 얼음에서도 잘 탈 수 있는 적응력을 키웠다.

스켈레톤 역시 마찬가지였다. -7도의 얼음에서 훈련해 어떤 얼음 상황에서도 적응할 수 있도록 했다.

2인승 경기에서 30팀 중 30번째 주행이라는 악조건을 만난 봅슬레이 팀 선수들은 최악의 상황에 대비한 강도 높은 훈련을 했음에도 긴장한 표정이 역력했다.

30번째 주행을 기다리며 마인드 콘트롤을 하고 있던 원윤종-서영우 선수에게 내가 해준 말이 있다.

"지금까지 그 어려운 연습을 마다하지 않고 잘 따라와 주어 고맙다. 힘든 훈련을 아마도 너희의 몸이 기억하고 있을 것이다. 욕심을 버리고 복잡한 머리를 비우고 몸이 이끄는 대로 따라가면 된다. 곰머 코치가 우리를 지켜보고 있다는 걸 기억하면 편안하게 주행할 수 있을 것이다."

말콤 로이드 코치를 상기시키자 선수들의 눈빛이 더욱 반짝 빛났다. 선수들은 하늘의 곰머가 지켜보는 가운데 얼음 트랙을 질주했다. 그러나 아쉽게도 2인승에서는 주행 순서의 불운을 극복하지 못했다. 총 4회에 걸친 주행에서 점점 기록이 단축됐지만 첫 주행의 부진을 넘어서지 못했다.

그러나 4인승은 달랐다. 꾸준히 연습한 기량을 아낌없이 내보였고 결국 놀라울 만큼 고른 기록으로 세계를 놀라게 했다. 봅슬레이 불모지에서 봅슬레이 신흥 강자로 재탄생하는 순간이었다. 아무도 우리를 막을 수 없었다.

11

가시밭길을 같이 걸어온
15년지기 스켈레톤 조인호 감독

조인호 감독은 나에게 친구이자 15년 동안 항상 곁에서 버팀목이 되어 준 동지이다. 우리 둘은 봅슬레이와 스켈레톤을 세계 정상으로 만들겠다는 꿈과 희망으로 여기까지 달려왔다. 우리는 서로를 너무 잘 아는 친구이자 동지이기 때문에 서로 얼굴만 봐도 어떤 생각을 하는지 알 정도다. 법 없이도 살 정도로 착한 성격에 일에서는 한 길만 보고 걸어온 우직한 성격의 조인호 감독은 종목의 발전에 관한 일이라면 앞뒤 가리지 않고 내게 조언을 해준다.

총감독을 맡고 난 후에 나에게 조언이나 질책을 하는 사람은 없었다. 그러나 유일하게 나에게 직언을 해주는 사람이 바로 조인호 감독이다. 그는 내가 잘못된 길로 가려 하면 바로 지적해준다.

조 감독과 나는 팀에서 가장 많이 이야기를 나누는 사이다. 선수들의 훈련에 관한 이야기는 물론 팀 운영에 관한 이야기까지 모든 이야기를 함께 나눈다. 팀 운영과 관련해서 서로 의견이 안 맞는 경우도 가끔 있지만, 그의 의견을 통해 나는 나 자신을 되돌아보고 반성하는 시간을 갖게 된다. 그렇기에 그는 나에게 둘도 없는 동지이자 친구이다. 조 감독이 있었기에 평창동계올림픽까지 흔들리지 않고 앞만 보고 달릴 수 있었다.

조인호 감독은 나와 같이 스켈레톤 유니버시아드 대회에 출전해 13위를 기록할 만큼 스켈레톤에 대해서 누구보다 애정과 열정이 있다. 그런 그의 경험과 열정이 지금 윤성빈 선수가 스켈레톤의 황제로 성장하는데 큰 힘이 됐다.

우리는 2018 평창동계올림픽에서 윤성빈 선수가 금메달을 획득하는 순간 서로 말없이 5분 정도를 껴안고 눈물을 흘렸다. 말은 하지 않았지만 서로간의 고마움, 미안함, 열악한 환경에서 함께 해냈다는 성취감 등이 한꺼번에 폭발한 것이다.

우리는 7년을 같이 자고, 같이 먹고, 같이 선수들을 훈련시키면서 어쩌면 가족보다 더 많은 시간을 보냈다. 그 시간을 보내면서 힘들었던 여러 일들이 머릿속을 스치며 지나갔다. 그 시간을 함께 겪었기에 우리는 누구보다 더 서로를 믿고 의지한다.

평창동계올림픽을 통해 전 세계인들이 축제를 즐기고 환호했다. 세계인들의 환호 속에서 한국의 봅슬레이와 스켈레톤 선수들은 세계적인 스타로 탄생했다. 조 감독과 나는 "우리가 해냈다"는 기쁨을 만끽했다.

이제 축제는 끝났고 우리 앞에는 다시 가야 할 길이 놓여 있다. 앞으로 우리가 걸어가야 할 길이 혹시 또다시 가시밭길일지라도 조 감독과 같이 간다면 아픔이 적지 않을까 생각한다.

12

스포츠의 현장과 행정은 하나

스포츠에서는 현장도 중요하지만, 행정의 뒷받침도 현장 못지
않게 중요하다. 매년 개최되는 국제봅슬레이스켈레톤경기연맹
(IBSF) 총회에서는 새로운 규정이 만들어지고 그 규정을 바탕으
로 새로운 계획이 나온다. 그렇기 때문에 해마다 새롭게 바뀐 규
정을 빠르게 숙지하고 현장에서 적용해서 다른 국가들에 뒤처지
지 않는다.

대한봅슬레이스켈레톤경기연맹은 그 어떤 종목 연맹과 비교할
수 없을 만큼 선수들과 완벽한 호흡으로 팀워크를 이룬다고 자랑
하고 싶다.

연맹에서 가장 많이 의견을 주고받는 성연택 사무처장을 비롯

해 국제 업무를 담당하는 이강민 차장, 회계업무를 맡고 있는 우엄미 과장, 한승희 사원, 세심하게 훈련계획을 진행하는 신우철, 김민선 대리, 홍보를 담당하는 이은채 사원, 업무를 담당하는 송슬기 사원까지 연맹 식구들은 모두 한마음 한뜻으로 현장의 상황을 빠르게 파악해 전달해준다. 국제대회에 출전을 할 때도 각자 명확한 업무 분담을 통해 국가대표팀의 손과 발이 되어 주었다. 특히 외국인 코치를 포함하여 60여 명을 이끌고 전지훈련을 갈 때 행정 직원들이 따라 붙어 여러 가지 업무 처리해주었기에 나와 선수들은 경기에만 집중할 수 있다. 외국어가 부족한 나를 도와 외국어를 잘하는 직원들이 호텔 체크인부터 차량 섭외, 미팅 진행 등을 함께 해주어 원활하게 훈련을 진행할 수 있었다.

현장과 행정이 이처럼 한마음 한뜻으로 움직일 수 있었던 것은 꾸준히 쌓아온 신뢰 덕분이다. 현장에서 필요한 점들을 연맹에 요구했을 때 연맹은 최선을 다해 도왔고, 나와 선수들은 지원을 받은 만큼 그 효과를 성적으로 보답했다. 그런 시간들이 쌓여 믿음과 신뢰가 된 것은 아닐까 싶다.

평창동계올림픽에 임박해서는 현장에서 예상치 못한 여러 가지 어려움이 있었다. 그때마다 연맹에서는 행정의 묘를 발휘해 어려움을 해결해주었다. 행정이라고 하면 '책상에서 업무 처리를 하는 것'이라고 생각할 수 있지만, 이번 올림픽을 통해 현장과 행정의 소통이 얼마나 중요한지 새삼 깨달았다. 현장에서 흘린 땀방울이 금메달과 은메달이라는 결실로 돌아올 수 있도록 함께 애써준 연맹 식구들에게 다시 한 번 고마운 마음을 전하고 싶다.

윤성빈 선수의 금메달을 확정된 후 연맹직원과 포응하며 기쁨을 나누고 있다.

13

우리는 봅슬레이 스켈레톤 어벤져스

이번 평창동계올림픽에서 스켈레톤 금메달, 봅슬레이 은메달을 획득하기까지 기여한 사람들이 무수히 많다. 그중에서도 봅슬레이 스켈레톤의 '어벤져스'로 부르고 싶은 사람들이 있다. 어벤져스는 복수하는 사람들이라는 뜻이다. 뜻을 깊이 알고 보면 스포츠 정신과 거리가 멀어 보일 수도 있지만 평창동계올림픽 메달에 대한 열망, 썰매 강국들에 대한 복수라고 이야기할 수 있다.

7년 전 우리는 썰매 강대국으로부터 무시당하고, 경기장에서 퇴출당하는 시련을 겪으면서 마음속으로 '두고 보자'는 의지를 다졌다.

2011년 봅슬레이 스켈레톤 감독으로 취임한 후 지도자를 선임

하는 것이 급선무였다. 가장 중요한 직책이 웨이트트레이닝 담당 코치였다. 현재 수석코치를 맡고 있는 김정수 코치와 이진희 코치, 김식 코치가 선임됐다. 이 지도자들은 우리 종목의 핵심 멤버들이다. 우리 팀이 흔들림 없이 지속적으로 한결같이 운영될 수 있었던 원동력 중 하나이다.

전담팀 김소중, 양희준, 한지훈 등은 선수들의 피지컬 담당부터 재활, 부상방지까지 큰 역할을 맡고 있다. 이들은 나무랄 데 없이 제 역할을 해낸다.

육상 담당 김영현 코치는 나에게 싫은 소리를 종종 듣는데 이는 현장에서 가장 많은 활약을 하기 때문일 것이다. 요즘은 과학을 접목한 훈련 시스템을 요구하고 있다. 영상분석 담당 곽호건은 누구보다 예리한 시선으로 영상을 분석한다. 이들이 바로 봅슬레이 스켈레톤의 어벤져스다.

이들은 대부분 나처럼 타 종목의 선수활동을 한 뒤 은퇴하고 우리 팀에 합류했다. 이들은 각 분야에서 최고의 성적을 내지는 못했지만 하고자 하는 노력과 열정만큼은 최고였다. 지금까지 달려오면서 싫은 내색 한마디 없이 나를 믿고 따라와 주었기에 우리 팀이 평창에서 최고의 성과를 이룰 수 있었다.

나는 지도자들에게 지시를 내릴 때 "시도해보고 안 되면 그때

다시 얘기하자"고 말한다. 그 뜻은 아무리 어려운 일이라도 실제 도전해봐야 한다는 의미다. 지레 겁을 먹고 포기하면 진전은 없다. 만약 우리가 처음부터 안 된다는 편견을 가졌다면 지금의 값진 메달은 없었을 거라 본다. 평창동계올림픽이 성공적으로 마무리한 어벤져스는 이제 2022 베이징동계올림픽을 향해 다시 한 번 달려나가려 한다.

5

평창의 기적을
만든 주역들

01

스켈레톤의 새로운 영웅 윤성빈의 탄생

윤성빈(24, 강원도청) 선수는 천재 이상의 표현이 있다면 그 표현을 쓰고 싶어지는 선수다. 재능과 끈기를 모두 가지고 있다.

경남 남해에서 평범하게 초등학교와 중학교를 다녔고 2012년 고등학교를 다니다가 스켈레톤 국가대표에 합류했다. 윤성빈은 당시 선발전에서 1차 낙방을 했었다. 이후 스켈레톤 국가대표 선수 한 명이 봅슬레이로 옮기면서 결원이 생겨 국가대표를 제외하고 제일 성적이 좋았던 윤성빈이 그 자리를 채우게 됐다.

윤성빈은 고등학생 때까지 인문계 고등학교를 다니다가 운동을 시작했는데도 배우면 배우는 대로 습득하는 것은 물론 기량이 놀라울 만큼 빨리 성장해 가르치던 외국인 코치가 놀라워했을 정도다. 입문 1년차에 스켈레톤 스쿨에 참여해 훈련을 하고 그 다음 해에 바로 올림픽에 출전한 경이로운 기록의 소유자다.

윤성빈은 성격이 무뚝뚝하고 말없이 자기 할 일만 묵묵히 하는 스타일이다. 승부욕이 그 누구보다 강해서 지는 걸 무척 싫어하는 성격이다.

원윤종과 서영우 선수의 장점을 골고루 가지고 있다고 할 수 있다. 원윤종의 냉철함, 자기관리, 배포 등에 서영우가 가진 적극성, 천재성 등을 갖추고 있으니 영웅이 되는 것은 어쩌면 당연한 일이었다.

그러나 그의 재능이 빛날 수 있었던 것은 철저한 노력 덕분이다. 하루 7끼를 먹으며 체중을 불리고 복근훈련을 매일 하고 200kg 이상 무게의 역기를 들며 피나는 노력을 해 스켈레톤을 위한 최적의 몸을 만들었다. 특히 남들이 보지 않는 곳에서 더 철저히 연습하고 노력하는 속 깊은 면이 있다.

성격도 굉장히 활발해서 또래 친구들과 장난도 잘 치고 잘 논다. 나와 함께 있을 때는 과묵하고 잘 웃지도 않고 의젓한데 친구들과 노는 걸 보면 영락없는 20대 청년이다.

윤성빈은 입문과 동시에 스켈레톤에 최적화된 기량을 만들어 가기 시작했다. 가장 큰 장점이라고 할 수 있는 것은 빠른 스타트다. 빠른 스타트는 윤성빈의 허벅지가 한몫한다. 윤성빈은 허벅지를 만들기 위해 누구보다 열심히 땀을 흘렸다.

처음 썰매를 타던 순간도 기억이 난다. 윤성빈은 첫 주행에서 몸에 힘을 너무 많이 준 나머지 구르고 뒤집어지고 난리법석이었다. 1년 차에는 제대로 내려온 적이 거의 없을 정도였다. 내가 처음 루지를 탔을 때처럼 멍과 상처를 달고 살았다.

그러나 누구보다 빨리 스켈레톤의 원리를 습득했고 자신만의 노하우를 하나씩 만들어나가기 시작했다.

윤성빈이 어느 날 나에게 물었다.

"감독님, 아메리카컵에서 뛰다가 월드컵을 뛰려면 어떻게 해야 합니까?"

나는 빙그레 웃으며 대답했다.

"그거야 물론 잘하면 되지."

내 대답을 들은 성빈이는 그날 이후 목표를 상향해 더 열심히 자신의 기량을 키우는데 전념했다.

윤성빈은 훈련을 할 때 티칭 코치가 세부적으로 지시하는 걸 싫어하는 스타일이다. 스스로 알아서 훈련을 하는 것을 좋아한다. 20대 중반의 어린 나이인데도 자신이 해야 할 일을 스스로 알아서 한다는 것은 선수로서 무척 훌륭한 자질이다. 5년 넘게 함께

윤성빈 선수가 평창동계올림픽에서 질주하고 있다.

생활해왔는데 그동안 한 번도 잔꾀를 부리거나 게으름을 피우는 걸 본 적이 없다. 그런 성실함이 있었기에 세계 1위에 우뚝 설 수 있었을 것이다.

윤성빈 선수가 또 하나 대견한 것은 나이에 비해 굉장히 겸손하고 가족을 굉장히 챙긴다는 점이다.

어느 날 노파심에 윤성빈 선수에게 이런 얘기를 한 적이 있다.

"성빈아, 이제 1년에 수억을 버는 선수가 됐다. 어찌됐건 네 나이에 비해 많은 수입을 벌고 있으니 그 돈을 네가 관리하지 말고 어머니가 관리하시게 해라."

젊은 나이에 큰돈을 만지게 되면 자칫 돈을 낭비할 수 있어서 해준 말이었다.

그 말을 들은 윤성빈이 얘기했다.

"감독님, 저는 동생이 대학 졸업할 때까지는 수입을 어머니에게 모두 맡기려고 하고 있어요. 동생이 지금 고등학생인데 어머니가 동생 졸업할 때까지 잘 관리해주실 거예요. 그리고 그동안 고생한 어머니와 가족들이 조금 편해졌으면 좋겠어요."

윤성빈 선수의 그 말을 듣고 어리지만 속이 꽉 찬 친구에게 내가 괜히 오지랖을 부렸구나 그런 생각을 했다.

5년 넘게 나와 함께하고 있는데 한결같이 열심히 해줘 고맙고 기특하다. 지금처럼 열심히 하면 앞으로 10년 동안은 윤성빈의 시대가 될 것이라고 믿는다.

02

최고 장비를 얻기 위해 벌인
자동차 추격전

윤성빈이 대표팀에 들어온 지 2년차가 됐을 때 기량이 폭발적으로 상승해 연습 장비가 아니라 제대로 된 장비를 구해줘야 하는 당면과제가 생겼다. 기량을 더 높이기 위해서는 윤성빈 선수의 체격과 스타일에 맞춘 맞춤형 최고의 장비가 필요했다.

최고의 장비를 구하는 게 뭐 어려운 일인가 싶겠지만 현실은 그렇지 않았다. 우리나라 선수들의 실력이 좋지 않으니까 최고 수준의 장비 업체가 우리에게 장비를 만들어주려고 하지 않았다.

리처드 브롬리라는 실력파 장비 제작 코치가 있다. 그가 윤성빈 선수의 장비를 만들어준다면 더 바랄 게 없었다. 그러나 리처드 브롬리는 우리나라 선수에 아무 관심이 없었고 심지어 대화를 나누는 것조차 꺼려 했다. 숙소가 어딘지 알지 못하니 찾아갈 수도 없었다.

어느 날 밴쿠버의 경기장에서 대회를 마치고 자동차에 올랐는데 바로 앞에 리처드 브롬리가 썰매를 싣고 자동차를 타고 가는 게 보였다. 나는 리처드 브롬리에게 어떻게든 말을 걸어봐야겠다는 생각으로 그의 자동차를 추격하기 시작했다. 내가 따라가는 것을 본 그는 자동차를 세우기는커녕 더 빨리 달려갔다. 하는 수 없이 나는 급가속해 그의 자동차 앞으로 내 차를 들이밀어 결국 그의 자동차를 세웠다.

"당신 미쳤냐! 사고가 날 뻔했다!"

자동차에서 내린 리처드 브롬리는 얼굴까지 빨개지면서 화를 냈다.

"정말 미안합니다. 당신에게 할 말이 있는데 만나주지 않아서 그랬습니다. 정말 미안합니다. 10분만 시간을 내주세요."

그는 내 말을 들어볼 생각도 하지 않고 계속 화를 냈고, 나는 그에게 "당신의 썰매가 필요하다"고 말했다.

화를 버럭버럭 내는 리처드 브롬리와 고개를 숙이며 애원하고 있는 나를 흥미롭게 바라보던 사람이 있었다. 리처드 브롬리의 친형이었다. 리처드 브롬리의 친형이 스켈레톤 선수 출신이라는 점이 우리에게는 행운이었다. 그는 같은 선수 입장에서 우리의 간절함을 이해하고 자신의 동생에게 우리 편을 들어 이야기해줬다.

"리처드, 저 사람들이 얼마나 썰매가 갖고 싶었으면 그랬겠니? 얘기라도 한 번 들어보자."

리처드 브롬리 친형의 중재로 다음 날 약속을 잡고 우리는 정식으로 다시 만날 수 있었다. 리처드 브롬리는 친형의 이야기 때문에 많이 누그러진 상태였다.

"윤성빈 선수를 위한 장비가 꼭 필요하다. 당신이 만들어주면 좋겠다."

리처드 브롬리는 "좋다. 그럼 돈은 얼마를 줄 거냐"고 물었다.

그렇게 해서 리처드 브롬리가 윤성빈 선수의 체형에 최적화된 썰매를 제작해주었다. 그는 전문가 중 전문가였다. 윤성빈 선수의 팔, 다리, 무릎, 어깨 등 신체를 완벽하게 고려해 윤성빈만을 위한 썰매를 만들었다. 이 썰매를 타고부터 윤성빈 선수의 성적은 날개를 단 듯 날아오르기 시작했다.

이렇게 대한민국 썰매팀과 인연을 맺은 리처드 브롬리는 현재 우리나라 봅슬레이 스켈레톤 대표팀의 장비 전담 코치로 활동하고 있다.

만일 내가 그때 리처드 브롬리의 자동차를 추격해 멈춰 세우지 않았다면 어땠을까. 무모한 시도를 하지 않았다면 윤성빈 선수가 지금처럼 자신의 최고 기량을 발휘하기는 쉽지 않았을지 모른다.

03

세계를 놀라게 한 윤성빈의 질주

스켈레톤 윤성빈은 실수만 없다면 금메달을 딸 수 있다고 일찌 감치 확신하고 있었다. 기업에서 경쟁력을 높이기 위해 타사의 장점을 배워오는 것을 벤치마킹이라고 한다. 가장 빨리 상대 기 업을 따라잡을 수 있는 방법이다. 벤치마킹을 해야 상대의 위치 까지 가장 빠르게 도달할 수 있다. 지도자는 선수가 최고 선수의 기록에 근접하도록 돕는 역할을 한다. 그러나 그 위치에 가고 난 후는 선수의 몫이다. 윤성빈은 스켈레톤의 황제인 마틴 두쿠르스 를 빠르게 따라잡았고 결국 뛰어넘었다.

평창동계올림픽에서 윤성빈은 기대했던 대로 무결점으로 질주 해 세계를 놀라게 했다. 윤성빈은 1차 시기 50초28, 2차 시기 50

초07로 트랙 레코드를 기록했고, 3차 시기 50초18, 4차 시기 50초02로 1~4차 합계 3분20초55로 금메달을 확정했다.

올림픽 한 달 전 노로바이러스에 걸려 나를 비롯해 코칭 스태프진을 모두 가슴 졸이게 만들었던 윤성빈은 빠르게 건강을 회복하고 올림픽에 맞춰 자신의 컨디션을 최대로 끌어올렸다.

윤성빈의 장점은 담대함이다. 어린 나이인데다, 중요한 경기이기 때문에 긴장할 법도 한데 조금도 긴장하지 않고 평소 자신의 실력을 그대로 발휘했다.

경기 후 윤성빈은 그야말로 세계가 인정하는 화제의 선수로 새롭게 태어났다. 세계인들이 아이언맨의 탄생을 주목했다. 올림픽 이후 대한체육회가 선정한 신예 톱9 선수에 선정됐고, 미국 올림픽주관 방송사 NBC가 뽑은 '올림픽을 지배한 선수' 18인에 선정되는 등 화제를 이어가고 있다.

윤성빈이 올림픽에서 착용했던 아이언맨 헬멧도 크게 인기를 모았다. 윤성빈은 자신이 가장 좋아하는 영화 캐릭터인 아이언맨이 돼 달린다는 의미로 2015년부터 아아언맨 헬멧을 주문제작해 경기 때마다 착용해왔다.

영화 '아이언맨' 존 파브로 감독도 윤성빈의 아이언맨 헬멧을

평창동계올림픽에서 금메달을 딴 윤성빈 선수가 태극기와 헬멧을 손에 들고 기뻐하고 있다.

본 뒤 "아이언맨이 하늘을 날아가는 모습과 비슷하다. iron Man on ice!"라고 소감을 얘기했다. 아이언맨이 인정한 아이언맨이 된 셈이다.

04

이제야 털어놓는 평창올림픽 비하인드 스토리

평창올림픽에서 메달을 따기 위해 나는 코치진들과 치밀한 전략을 세웠고 결국은 그 전략이 옳았음을 증명했다. 지금 되돌아보면 긴박했던 순간들이 많았고 그때마다 나는 뚝심으로 밀어붙였다.

올림픽을 한 달 남기고 하루 8번 강도 높은 주행연습을 시킨 것도 전략이었다. 하루 8번 얼음트랙에서 썰매를 탄다는 것은 체력 소모가 무척 크다. 오전 8시부터 밤 11시까지 경기장에서 살아야 한다. 오전 8시부터 타기 위해서는 오전 5시에 일어나 아침 먹고 준비를 해야 한다. 올림픽 2주 전부터는 절반으로 줄여 체력을 비축했다.

평창올림픽을 위한 비장의 무기가 하나 있었다. 언론에도 공개하지 않았던 비하인드 스토리다. 원윤종 선수의 테스트 파일럿으로 2014년 소치 은메달리스트 스위스 베아트 헤프티 선수를 극비리에 초청해 원윤종과 경쟁하도록 했다. 베아트 헤프티는 소치 동계올림픽에서 봅슬레이 2인승 은메달을 비롯해 세계 선수권대회에서 우승을 여러 차례 한 실력파다. 스타트 문제로 2018년 평창동계올림픽 출전을 포기했다는 이야기를 듣고 한국팀을 위해 테스트 파일럿으로 와달라고 제안했다. 베아트 헤프티는 흔쾌히 제안에 응해 극비리에 한국으로 날아와 올림픽 한달 전인 1월 3일부터 1월 31일까지 훈련을 함께했다. 복싱으로 치면 스파링 상대, 마라톤으로 치면 페이스 메이커의 역할을 해준 셈이다.

원윤종과 경쟁하며 약 한 달간 훈련한 베아트 헤프티는 "한국 대표팀의 실력이 우수해 메달을 딸 수 있다고 확신한다. 한국인들은 금메달을 따야만 승리라고 생각하는데 메달 색깔과 상관없이 시상대에 올라간다는 것만으로도 무척 영광스러운 일이다. 금메달은 하늘이 주는 것이니 꼭 금메달을 따야 한다고 생각하지 말라"고 했다.

베아트 헤프티를 극비에 영입해 훈련하는 과정에서 의외의 수확도 건졌다. 베아트 헤프티는 최상의 썰매날을 구매할 수 있도록 도와줬고, 그 썰매날을 구입해 테스트해 본 결과 기존 날보다 0.2초 스피드를 단축하는 효과를 얻을 수 있었다.

베아트 헤프티는 한 달의 훈련을 마치고 돌아가면서 우리에게 행운의 메시지를 전하고 갔다.

"당신들은 승리를 만끽할 준비를 해라. 다른 나라 어느 선수들도 절대 한국팀을 넘어설 수 없을 것이다."

스타트 전략도 주효했다. 우리 봅슬레이 팀의 스타트는 4초92로 전체 12~13등으로 빠른 편이 아니었다. 스타트 후 달려 나가다가 썰매에 탑승하는 거리도 치밀한 전략으로 황금 거리를 계산해냈다. 많이 달려 나가면 좋겠지만 썰매 탑승 후 최초로 통과하게 되는 1번 코너가 급경사기 때문에 부드럽게 통과하기 위해 스타트에서 많이 뛰지 않고 빠른 탑승을 하는 작전을 택했다. 많이 달려갈수록 1번 코너에서 썰매가 트랙에 부딪힐 가능성이 높았기 때문이다. 정확히 탑승할 수 있도록 달려가다가 탑승하는 지점을 표시해놓고 수백 번 연습했다. 그 결과 1번 트랙에서 부딪히지 않고 부드럽게 진입할 수 있었다.

마지막으로 신의 한 수였던 부분은 평창선수촌에 늦게 입촌한 전략이다. 진천선수촌에서 평창선수촌으로 입촌해야 하는 날이다가왔는데 당시 평창 자원봉사자들 사이에 노로 바이러스 비상이 걸렸다. 당시 윤성빈 선수가 1월 5일 알텐베르크에서 노로 바이러스에 걸려 고생한 후 겨우 몸을 회복한 상태였다. 만일 평창에 입촌했다가 노로 바이러스에 걸리게 되면 큰일이라고 생각한 나는 대한체육회에 양해를 구하고 진천선수촌에서 막바지까지 최상의 컨디션을 유지하고 있다가 입촌하겠다고 보고했다.

"지금까지 저를 믿어주셨으니 이번에도 저를 믿어주십시오. 저희는 스켈레톤에서 하나, 봅슬레이에서 하나 무조건 메달을 따겠습니다. 그러니 저를 믿고 힘을 실어주십시오."

대한체육회의 양해를 구해 우리 선수들은 막바지까지 진천선수촌에서 체력을 충전하면서 머물다가 평창으로 입촌했다.

선수들이 머무르는 숙소도 선수촌이 아니라 알펜시아에 전용 숙소를 마련해 선수들이 바람을 한 점도 맞지 않고 숙소에서 경기장을 오갈 수 있도록 했다. 숙소 환경이 선수들의 체력 소모를 막는데 결정적 역할을 했다. 경기장에서 경기가 끝난 후 선수촌의 숙소로 들어가기 위해서는 물품 검사 등으로 30분 정도가 소요된다. 선수들은 극심한 운동 후 뜨거워진 근육을 바로 찬물에 식혀야 하는데 30분 이상 지체하게 되면 근육이 제자리로 돌아오지 않고 어긋나 문제가 생긴다. 우리는 알펜시아에 숙소를 마련해 경기 후 바로 숙소에 들어가 선수들이 냉탕으로 근육을 식힐 수 있게 했다.

05

좋은 선수는 태어나는 게 아니라 만들어진다

2018년 2월 25일. 2018 평창동계올림픽에서 대한민국 봅슬레이 대표 선수들이 아시아 최초로 은메달을 수상했다. 2인승에서 메달을 따는데 아쉽게 실패한 원윤종(33, 강원도청), 서영우(27, 경기BS경기연맹) 선수가 다시 한 번 도전했고 전정린(29, 강원도청), 김동현(31, 강원도청) 선수가 가세해 4인승으로 출격했다.

원윤종 선수와 서영우 선수는 내게 아주 특별한 선수들이다. 2011년 내가 처음 국가대표 감독을 시작했을 때 그 선수들도 처음 봅슬레이를 시작해 지금까지 동고동락하며 함께 달려온 동지들이다. 우리 셋은 불모지에서 서로를 믿고 격려하고 의지하며 여기까지 왔다. 평창동계올림픽이 끝나고 맥주를 마시며 우리는 옛날의 추억들을 끝도 없이 이야기했다.

두 선수가 처음 봅슬레이를 시작했을 때가 떠올랐다. 두 선수는 봅슬레이를 시작했을 때 모두 파일럿을 지원했다. 둘 중 누구를 파일럿으로 선정할 것인가를 두고 고민이 있었다. 봅슬레이에서는 파일럿의 역할이 매우 중요하다. 썰매를 함께 타는 선수들을 책임져야 한다.

두 선수 중 누구를 파일럿으로 결정할 것인지를 가리는 테스트가 있던 날이었다. 원윤종 선수가 먼저 탔고 서영우 선수가 나중에 탔는데, 희한하게도 원윤종 선수의 썰매가 계속 뒤집어지는 일이 벌어졌다.

서영우 선수는 썰매가 뒤집어지지는 않았지만 썰매가 경기장 천장을 박아서 나무가 떨어져 내리는 사고가 발생했다.

두 선수가 썰매를 타는 걸 본 후, 비록 썰매가 전복되긴 했지만 두 사람 중 원윤종 선수가 파일럿을 하는 것이 좋겠다는 생각을 했다. 그때 원윤종 선수를 파일럿으로 결정한 것이 평창동계올림픽에서 대한민국 봅슬레이가 은메달의 영광을 얻을 수 있게 된 비결이라고 생각한다.

당시 원윤종 선수가 테스트에서 썰매가 번번이 전복되는 불운을 입었던 이유를 곧 알 수 있었다. 우리 선수들은 대표팀 초창기 전용 썰매가 없어서 경기장에서 구비하고 있는 구형 썰매를 빌려 연습했다. 구형 썰매는 파워 핸들이 아니라 수동 핸들이라서 힘 있게 돌려야 했다. 그런데 파일럿을 결정하기 위한 테스트에서 사용한 썰매는 신형 썰매였다. 원윤종 선수는 평소처럼 구형 핸들을 돌리듯 신형 썰매 핸들을 돌렸기 때문에 조금만 돌려도 많이 움직여 썰매가 뒤집어졌던 거였다.

두 선수들과 함께 본격적인 국가대표 생활이 시작됐다. 나는 파일럿을 지원했지만 원윤종 선수에게 파일럿을 양보해야 했던 서영우 선수가 브레이크맨으로 잘 적응할 수 있도록 많은 관심을 가지고 지켜봤다. 외출을 나갈 때는 택시비를 가끔 주머니에 넣어주기도 했다.

또 원윤종 선수도 심적으로 많이 다독여줬다. 시합이 끝나고 번번이 형편없는 성적 때문에 의기소침해 있으면 "성적이 다가 아니다. 최선을 다했으니 됐다. 게다가 가능성이 보인다"고 어깨를 두드리며 격려했다.

그렇게 원윤종, 서영우 선수와 나는 아무것도 없는 대한민국의 봅슬레이를 개척한다는 마음으로 서로를 믿으며 어려움을 이겨냈다.

06

승부사 원윤종 VS 천재 서영우

봅슬레이 원윤종 선수는 승부사 기질이 있다. 평상시에는 자신이 가진 모든 걸 보여주지 않는다. 외국 선수들은 썰매를 한 번한 번 탈 때마다 최선을 다하지만, 원윤종 선수는 연습 게임에서는 자신의 기량을 100% 보여주지 않는 특징을 가지고 있다. 연습 때는 조금만 보여주고 실전에서는 최선을 다한다. 이 같은 원윤종의 연습 스타일에 대해 처음에는 야단을 쳤다.

"너는 왜 연습 때 최선을 다하지 않느냐. 그것은 잘못된 태도다."

이렇게 야단쳤더니 원윤종 선수가 자신의 의도에 대해 대답했다.

"제가 최선을 다하지 않은 게 아닙니다. 다만 대회에서 사력을 다해 좋은 성적을 내기 위해 힘을 아껴둔 겁니다."

그 이야기를 듣고는 더 이상 할 말이 없었다. 이후 원윤종 선수의 연습과 경기 내용을 주의 깊게 지켜봤다. 과연 그 말이 사실이었다. 연습은 연습처럼 하고 실전에서는 폭발적인 기량을 발휘하는 모습이었다. 그 이후로는 원윤종 선수에게 그 어떤 잔소리도 할 필요가 없었다. 선수가 자기 스타일에 맞게 훈련해 좋은 결과를 내면 지도자는 거기에 대해 믿고 지지해주면 된다.

운동 플랜을 짤 때에도 원윤종 선수에게 개인적인 플랜에 대한 의견을 묻는다. 그러면 자신이 훈련하고 싶은 계획을 이야기하고, 코치진은 원윤종 선수의 의견을 최대한 맞춰 계획을 짠다.

원윤종 선수는 굉장히 냉철한 성격이다. 운동선수로 무척 좋은 자질이라 할 수 있다. 시합 때 한두 번 실수를 하는 경우가 있는데 실수를 해도 바로 냉정을 잃지 않고 다음 대회를 준비한다. 그런 의미에서 원윤종 선수에게는 슬럼프라는 게 없었다. 자신의 목표와 자신의 계획대로 흔들림 없이 걸어 나가는 선수가 원윤종이다.

대표팀 선수 중 나이가 가장 많은 축에 속하지만 그것 역시 문제되지 않았다. 봅슬레이 선수의 절정기는 36~38세다. 썰매를 많이 타야 노하우가 늘어나기 때문에 30대 초반이면 선수 생활을 마감하는 다른 종목과는 달리 40대 선수도 찾아볼 수 있는 분야가 봅슬레이다. 역대 금메달을 딴 선수들 중 38세에서 40세 선수가 많은 것도 그런 이유다.

서영우 선수는 천재성이 다분한 선수다. 외국인 코치들은 서영우 선수를 일컬어 '크레이지 가이(crazy guy)'라고 부를 정도다.

원윤종 선수가 디테일에 강하고 침착하고 차분하다면, 서영우 선수는 활발하고 진취적이고 대범하다. 특히 연예인 기질이 다분해 주목받는 것을 좋아한다.

이 선수가 신기한 점은 운동하기를 즐기지 않는다는 점이다. 운동을 즐기지 않는다는 운동선수라니 이 얼마나 아이러니한가. 그런데 더 신기한 것은 그럼에도 불구하고 운동을 무척 잘한다는 사실이다.

앞서 이야기했듯 나는 한계가 없이 최대의 역량을 끌어내는 운동법을 선수들에게 적용했기 때문에 선수들이 내 지도를 따라오는데 힘들어한 것은 사실이다.

특히 서영우 선수는 강도 높은 훈련을 하는데 대해 "이거 안 해도 운동 잘할 수 있어요"라고 하며 이의를 제기하기도 했다.

봅슬레이 4인승에서 은메달을 딴 김동현, 서영우, 전정린, 원윤종(왼쪽부터) 선수가
손을 들어 기쁨을 표시하고 있다.

지도자 입장에는 훈련을 많이 시켜야 성과가 나오는데 훈련을 거부하게 되면 난감하다. 그런데 더 당황스러운 것은 서영우 선수는 다른 선수들만큼 훈련을 하지 않아도 성적이 더 잘 나온다는 점이다.

결정적인 순간에 천재성을 발휘하기 때문에 미워하려야 미워할 수 없는 선수가 바로 서영우 선수다. 이런 점들을 에둘러 외국인 코치들이 그를 '크레이지 가이'라고 부르는 것이다.

고지식한 성격의 나는 운동선수가 훈련을 열심히 해서 시합을 잘해야지 자신의 재량만 믿고 있다가는 언젠가 부러진다고 생각해 서영우 선수에게 모진 말을 한 적이 있다.

재작년이었다. 서영우 선수는 훈련할 때는 허리가 아파서 못하겠다고 하고 시합 때는 괜찮아지는 상황의 연속이었다. 코치들이 선수들과 훈련 호흡을 맞춰야하는데 서영우 선수 때문에 차질이 생겼다. 그런 모습을 지켜보다가 2016년 시즌을 마친 후 서영우 선수에게 폭탄선언을 했다.

"팀 생활을 제대로 하려면 하고 안 할 거면 여기서 끝내라."

사실 2016년의 폭탄선언 전에도 서영우 선수는 운동을 한 차례 그만뒀던 때가 있었다. 2011년에 대표팀에 들어왔다가 2012

년 다른 일을 해보고 싶다면서 대표팀을 잠깐 나갔었다.

힘든 훈련을 하지 않고 멋진 인생을 살기 위해 대표팀을 나간 서영우 선수는 그러나 국가대표 타이틀을 내려놓고 평범한 대학생으로 돌아가서 현실의 벽에 부딪혔다. 아르바이트를 하면서 대학에 다니다 보니 학교 성적도 제대로 나오지 않았고, 계속 운동을 한 다른 선수들은 대회에서 성과를 내는 모습을 보면서 자신의 처지를 비관했다.

서영우 선수의 생활을 들은 나는 사람을 시켜 "다시 운동을 하고 싶으면 선발전이 있으니까 다시 와서 하라"고 전했다.

내 말을 들은 서영우 선수는 1년의 공백 후 선발전에 참여했고 선발전에서 1등으로 뽑혔다. 꾸준히 운동을 해온 선수들을 제치고 1년을 쉰 서영우 선수가 1등을 한 것은 놀라운 일이었다. 서영우 선수가 자신의 천재성을 입증한 셈이다.

나는 서영우 선수를 다시 대표팀 선수로 받아들이면서 약속을 받았다.

"이제는 다른 생각하지 말고 운동에 전념하기로 약속하자. 내년이 소치동계올림픽이니까 최선을 다해라."

잠깐의 방황을 마치고 다시 돌아온 서영우 선수는 내게 "정말 열심히 하겠다"고 약속했다.

소치동계올림픽에서 서영우 선수의 성적은 기대 이하였다.

18위. 천재성이 사라졌나 하는 생각을 하는 찰나 2015, 2016년 세계 1위를 했다. 그렇게 해서 1년 수익이 수억원을 찍는 선수가 됐다.

그렇게 세계 1위를 하고 한창 잘나가고 있는 서영우 선수에게 나는 2016년 시즌을 마친 후 그만두라고 폭탄선언을 했다. 세계 1위라는 자신감 때문에 훈련을 소홀히 하는 버릇이 다시 나오기 시작한 것이다.

서영우 선수는 내 성격을 알기 때문에 폭탄선언 후 다시 바짝 긴장하면서 훈련을 하기 시작했다. 서영우 선수는 평창동계올림픽을 앞두고 정말 최선을 다하겠다고 다짐했다. 그리고 그 약속을 지켰다. 다른 어느 선수보다 열심히 운동을 했다. 열심히 안 해도 좋은 성적이 나오는 선수인데 정말 열심히 했으니 어떤 일이 벌어졌겠는가.

지도자가 선수의 기량을 판단하는 가장 빠른 방법은 선수가 운동을 하는 것을 지켜보는 방법이다. 지켜본 결과 서영우 선수는 육상도, 웨이트도 정점에서 계속 한계치를 밀어 올리면서 올라가고 있다. 스타트도 무척 좋아졌다. 시합 때의 기록이 평상시에도 나올 정도로 기량이 향상됐다. 한편으로는 기쁘고 한편으로는 "이 녀석이 평창올림픽에 목숨을 걸었구나" 싶은 마음이 들어 마음이 뭉클했다.

이제는 서영우 선수에게 맞는 훈련법을 개발해 지도하고 있다. 내가 가지고 있던 훈련방식에 대한 틀을 버리고 서영우 선수에게 맞는 쪽을 선택하게 됐다. 서영우 선수에게는 채찍보다는 당근을 주는 훈련법을 택했다. 지도자는 선수에 대한 판단이 빨라야 한다. 선수의 성향을 잘 파악하고 선수의 장점을 살리고 단점을 보완하는 방법을 찾아야 한다.

지도자 경력 10년 동안 서영우 선수 같은 선수는 처음이다. 천재가 내 눈앞에 서있는 것을 보는 일이기 때문이다.

언제부턴가 나는 서영우 선수에게 많은 의지를 하게 됐다. 서영우 선수가 없었다면 평창올림픽도 없었을지 모른다.

서영우 선수와 원윤종 선수는 서로 정반대의 성격을 가지고 있는데 희한하게 두 사람이 만나면 그 합이 환상적이다.

1+1이 2가 아니라, 3도 되고 4도 되고 5도 된다는 것을 보여주는 것이 바로 원윤종, 서영우 선수다.

봅슬레이 2인승에서 원윤종, 서영우 선수를 파일럿과 브레이크맨으로 선발해 출전시킨 이유도 이 둘이 만들어내는 시너지가 폭발적이기 때문이다. 2인승에서 비록 운이 나쁘게 1회차 마지막에 주행하는 핸디캡을 극복하지 못해 메달권에 들지는 못했지만, 4인승에서는 완벽한 하모니로 은메달을 획득해 이름값을 해냈다.

07

슬픔의 눈물을 흘리게 하는 김동현 선수

봅슬레이 2인승에서 원윤종-서영우 선수의 뒤를 잇는 상위권 선수군이 김동현-전정린 조다. 이번 평창동계올림픽에서는 원윤종-서영우 선수와 힘을 합해 4인승에 도전해 값진 은메달을 따냈다.

김동현 선수는 사실 파일럿을 꾸준히 훈련해온 선수기 때문에 원윤종 선수가 파일럿으로 나선 4인승에서 브레이크맨으로 가세하겠다고 결심해준 것은 두고두고 고마운 일이다.

지난 2010년 밴쿠버올림픽에 참가했던 김동현은 원윤종의 그늘에 늘 가려져 있었다. 연맹에서는 장비를 하나 사더라도 항상 톱선수인 원윤종을 먼저 챙겼다. 원윤종이 쓰던 장비를 김동현이 물려받아 쓰는 식이었다. 형제가 많은 집에서 형이 새 옷을 입고 그 옷을 동생이 물려받아 입는 식이다. 봅슬레이는 장비가 무척 중요하고 원윤종은 늘 좋은 장비를 먼저 쓰고, 김동현은 물려받아 쓰다보니 원윤종이 좋은 성적이 났다.

그러나 따지고 보면 김동현이 원윤종보다 봅슬레이에 먼저 입단했다. 김동현은 2008년, 원윤종은 2011년 입단했다. 김동현 선수가 귀 치료를 위해 한 시즌을 쉬는 동안 새롭게 가세한 원윤종이 폭발적 기량으로 원톱 자리를 꿰찼다.

김동현은 나에게 슬픔의 눈물을 흘리게 한다. 청각장애를 가지고 태어난 김동현은 스물한 살 때 인공와우 수술을 받아 소리를 들을 수 있게 됐고 장애를 극복하고 국가대표가 됐다.

장애를 극복한 김동현은 정말 열심히 성실하게 국가대표 생활을 했다. 착한 마음씨에 후배들의 고민을 잘 들어주는 다정다감한 성격을 가지고 있어 팀에 있어서 정말 중요한 존재다.

안타까운 점은 어느 선 이상의 실력을 발휘하지 못한다는 사실이었다. 연습 때 기록을 통해 실제 경기의 기록을 예측하는데 예측기록보다 늘 뒤떨어졌다. 그런데 기록에 있어서 장비의 영향이 크기 때문에 좋은 장비를 사용하지 못하는 김동현에게 늘 미안한 마음이 있었다.

이런 일도 있었다. 김동현은 청각장애로 인해 항상 이어폰을 착용하는데 시합 때는 이어폰을 빼고 헬멧을 써야 한다. 이어폰을 빼고 헬멧을 쓰고 나면 주위의 소리를 전혀 듣지 못했다. 스타트 라인에서 코치가 뭔가를 지시했는데 이를 듣지 못해 실수를 하게 된 안타까운 사례가 있었다.

억울하다고, 원윤종과 같은 장비를 마련해서 똑같이 경쟁할 수 있게 해달라고 불만을 얘기할 법도 한데 김동현은 단 한 번도 내게 그런 얘기를 하지 않았다.

"저 개인보다도 팀에서 잘하는 사람이 한 명이라도 나오는 것이 좋다고 생각합니다. 윤종이 형이 성적이 잘 나오기를 기도하고 있습니다."

김동현은 그런 선수다. 자기 자신의 이익 보다 다른 선수를, 팀을 먼저 생각한다. 그 마음이 너무 고맙고 한편으로는 너무 미안하고 안쓰러워서 속으로 눈물을 흘리게 하는 선수가 바로 김동현이다.

평창동계올림픽에서 김동현에게 큰 빚을 졌다. 그동안 파일럿으로 활약했던 김동현이 자신의 포지션을 포기하고 브레이크맨으로 참여했기 때문이다. 파일럿 선수에게 브레이크맨을 하라는 것은 그 선수의 자존심에 상처를 입히는 행위다. 올림픽에 참가하기 위해 파일럿으로 5년 동안 힘들게 훈련했는데 그동안의 훈련이 무용지물이 되는 셈이다.

봅슬레이는 파일럿의 역할이 80% 정도기 때문에 매스컴에서도 파일럿만 조명 받는다. 뒤의 친구들은 서브 역할이다.

김동현은 2인승에 파일럿으로 출전해 자신이 메달을 딸 가능성이 거의 없다고 판단하고, 원윤종이 파일럿으로 출전하는 4인승에 참여해 조력자 역할을 하기를 자처했다.

평창동계올림픽에서 4인승에 참가할 선수를 구성하기 위해 구상을 하면서 원윤종-서영우에 김동현-전정린을 합한다면 시너지가 극대화되겠다는 생각을 했다. 김동현에게 어렵게 내 뜻을 전했다. 김동현은 며칠 고민 후 2인승을 포기하고 4인승에 합류하겠다고 이야기했다.

"감독님, 저는 2인승에 나가봐야 메달을 못 따니까 윤종이 형이 4인승 나갈 때 뒤에서 빅푸시 하겠습니다."

김동현은 그렇게 자신을 희생해 대표팀에 희망을 심어줬다.

평창동계올림픽에서 4인승 은메달을 확정 지은 후 네 명의 선수들과 같이 부둥켜안고 펑펑 울었다. 시상식 후에도 또다시 붙들고 울었다. 힘겨웠던 지난 시간들이 떠올라 우리들은 펑펑 우는 것 말고는 아무 말을 할 수가 없었다.

08

부상을 견디고 달린 전정린 선수

봅슬레이 4인승에서 은메달을 딴 후 원윤종 선수에 이어 두 번째로 많이 운 친구가 바로 전정린 선수다. 펑펑 우는 전정린 선수를 보면서 "그동안 마음속에 쌓였던 게 많았구나" 싶어 마음이 아팠다. 울음을 그치면 수고했다는 말 한마디 해주려고 했는데 울음을 그치지 않아 그 말을 하지 못했다.

전정린 선수는 처음 대표팀에 들어왔을 때부터 재목으로 키워보기 위해 내가 공을 많이 들였다. 들어오자마자 6개월 동안 정말 엄청난 훈련을 시켰다. 전정린 선수도 내 뜻을 잘 따라줘 기량이 일취월장했고 김동현 선수와 호흡을 맞춰 잘 성장했다.

서영우 선수가 2012년 운동을 그만두고 대표팀을 나가고 난 뒤 원윤종 선수와 호흡을 맞출 선수가 필요했고, 서영수 선수의 빈자리를 전정린 선수가 채웠다. 전정린은 원윤종과 호흡을 맞춰 2013년 3월 아메리카컵에서 금메달을 따냈다.

그러던 중 서영우가 대표팀으로 복귀하면서 원윤종의 파트너로 다시 서영우가 들어가게 됐다. 전정린에게는 무척 미안한 노릇이었다.

전정린과 서영우의 실력 차는 비슷했다. 그런데 서영우는 실전에 강하다는 것이 장점이었다. 서영우는 관중이 많으면 성적을 더 잘 내는 선수인데 비해 전정린은 연습 때나 실전이나 실력이 똑같은 선수다. 전정린에게는 미안했지만 감독 입장에서는 큰 대회에서 제 기량보다 더 나은 기록을 내는 서영우 선수의 손을 들어줄 수밖에 없었다.

전정린에게 불운도 있었다. 소치올림픽이 끝나고 전방 십자인대파열을 입어 수술과 재활로 10개월을 쉬어야 했다. 수술 회복후 돌아왔는데 예전의 파워가 다시 나오지 않았다. 우여곡절 끝에 기량을 끌어올려 평창동계올림픽을 준비하던 2017년 9월, 연습을 하던 중 썰매가 전복돼 또다시 무릎 부상을 입었다. 이번에는 후방부 십자인대가 부분 파열됐다. 올림픽이 얼마 남지 않은 상황이었기에 재활을 할 시간적 여유도 없었다.

이처럼 전정린은 부상에서 몸이 제대로 회복되지도 않은 상태에서 4인승에 참여해 힘을 발휘해 은메달을 함께 일궈낸 것이다. 그런 고난과 역경의 시간이 떠올라 눈물이 멈추지 않았으리라. 나는 눈물을 멈추지 못하는 전정린을 안아줬다.

"믿어 주셔서 정말 고맙습니다."

전정린은 울먹이면서 나에게 고맙다는 인사를 했다. 나 역시 눈물이 나와 제대로 답을 하지 못했다.

전정린이 대표팀에 들어왔을 때부터 지금까지 나는 한 번도 전정린의 가능성을 의심해본 적이 없다. 다쳤을 때도 담당 의사와 통화하며 전정린의 상태를 수시로 챙겼다. 오죽하면 선수들 사이에 '전정린은 이용 감독의 아들'이라는 별명이 생겼을까.

그러나 평창동계올림픽을 앞두고는 냉정한 선택을 해야 했다. 올림픽에서 메달을 따지 못하면 지금까지 함께해왔던 선수들 상당수와 결별해야 한다. 상위 선수가 아닌 중하위 선수들은 기회를 영영 잃고 만다.

메달을 거머쥐어야 한다는 생각으로 원윤종-서영우-김동현-전정린 4명의 멤버를 구성해 4인승에 출전하게 했다. 이들은 각각 기량이 뛰어나지만 모였을 때 더 큰 시너지를 내는 선수들이다.

4인승에 출전한 4명의 선수들은 헬멧에 태극기의 괘인 건곤감리를 그려 넣었다. 네 명이 모여서 태극기가 되는 상징이었다. 원윤종-서영우-전정린-김동현 선수는 그 어느 때보다 완벽한 호흡으로 얼음트랙을 질주했다. 홈트랙이 주는 편안함과 우리나라 국민들의 뜨거운 응원을 받아 국가대표로서 자신이 가진 최선을 다해 달렸다. 그렇게 4명의 선수는 우리 봅슬레이 역사를 새롭게 쓰면서 날아올랐다.

09

봅슬레이 2인승의 충격, 4인승의 환희

우리는 봅슬레이 2인승에서 금메달을 딸 수 있다고 모두 확신하고 있었다. 2014년 소치 은메달리스트 베아트 헤프티 선수를 테스트 파일럿으로 극비리에 초대해 훈련을 마쳤으니 자신감이 최고조로 올라갔다.

금메달에 대한 확신으로 긴장이 풀어지는 것을 경계하기 위해 나는 엄숙한 분위기를 만들어야 했다. 올림픽을 앞두고 삭발을 하면서 내 머리를 선수들에게 깎도록 한 것도 그런 의미였다. 원윤종, 서영우, 김동현, 전정린, 윤성빈 선수가 돌아가면서 내 머리를 깎으면서 마음을 다잡도록 했다.

그러나 금메달로 확신했던 봅슬레이 2인승은 1차 시기에서 실수가 나와 순위권에서 멀어지는 충격적인 사태가 벌어졌다. 1차 시기에서 실수가 나왔고 그 실수로 인한 기록 차는 4차까지 좁혀지지 않았다. 결국 1~4차 시기 합계 3분17초40으로 전체 6위를 기록했다. 물론 6위도 지금까지 한국 봅슬레이 역사상 올림픽 기록 중 가장 좋은 기록이었지만 금메달을 목표로 했었기에 실망스러운 마음을 어쩔 수 없었다.

그날 누구보다도 속상했을 원윤종 선수를 위로하기 위해 선수가 머무는 방으로 찾아갔다. 문 앞에 서자 원윤종 선수가 혼자 우는 소리가 들렸다. 들어가서 달래줄까 생각하다가 그냥 돌아 나왔다. 눈물을 통해 2인승의 아픔을 모두 씻어버리기를 바라는 마음이었다.

총감독으로서 누구보다 많은 충격을 받았지만 그렇다고 계속 그 생각에 빠져있을 수는 없었다. 나는 선수들에게 "괜찮다. 우리에게는 4인승이 남아 있다. 이제는 즐기면서 타보자"고 다독였다.

마침내 4인승 대회가 시작됐다. 원윤종, 서영우, 김동현, 전정린의 4인승 경기를 지켜볼 때는 심장이 쪼그라드는 느낌을 받았다. 숨조차 제대로 쉴 수가 없었다. 봅슬레이 스켈레톤 코치들 중

종종 심장마비가 오는 경우가 있는데 이러다 심장마비가 오는 게 아닐까 싶을 정도였다. 그러나 늘 그랬듯 겉보기에는 무심한 표정으로 경기를 지켜봤기에 주변에서는 내가 그토록 긴장했다는 것을 아무도 몰랐을 것이다. 그러나 그날의 긴장은 지금까지 어떤 경기 중 최고였다.

4인승에서 원윤종은 말 그대로 분노의 질주를 했다. 첫날 1, 2차 시기를 실수 없이 완주하고 피니시 라인을 통과한 후 포효하는 원윤종의 모습을 보고 나는 원윤종이 완벽하게 자신감을 되찾았다는 것을 느낄 수 있었다. 결국 1~4차 합계 3분16초38로 29개 출전팀 중 최종 2위로 은메달을 확정했다. 독일과 극적인 공동 2위였다. 원윤종, 서영우는 2인승에서 메달을 따지 못한 한을 4인승에서 풀었다.

이들의 은메달은 한국 봅슬레이 역사를 새로 쓴 기록이었다. 한국 봅슬레이 4인승은 2010년 밴쿠버동계올림픽에서 강광배-이진희-김동현-김정수 선수가 출전해 19위를 했고, 2014년 소치 동계올림픽에서는 원윤종-전정린-석영진-서영우 선수가 참가해 20위를 한 것이 전부였다. 19위에서 2위로 놀라울 정도의 비상이다.

한국을 넘어 아시아 첫 메달이다. 원윤종 조가 따낸 평창동계올림픽 은메달은 아시아 지역에서 나온 첫 봅슬레이 은메달이다. 특히 봅슬레이 종목을 먼저 육성하기 시작한 일본을 제친 결과라서 더욱 자랑스럽다.

봅슬레이 종목에서 아시아 최초로 올림픽에 발을 뻗은 국가는 일본이었다. 1972년 자국에서 벌어진 삿포로 대회였다. 이후 1984년 대만이 아시아에서 두 번째 국가로 올림픽에 나섰지만 유럽을 비롯해 미국, 캐나다의 벽은 높았다. 아시아는 46년간 메달과 인연을 맺지 못했다.

원윤종 조의 은메달은 한국 봅슬레이 역사상 8년만의 올림픽 도전에 이뤄낸 쾌거라는 점이 의미 있다.

2011년 평창동계올림픽 유치 이후 정부와 기업들의 전폭적인 지지를 통해 향상된 기술과 시스템으로 쾌거를 달성했다. 이는 비인기 동계올림픽 종목이라도 정부와 기업의 전폭적인 지원과 믿음이 있다면 얼마든지 훌륭한 결과를 낼 수 있다는 점을 알려준다.

아시아 노메달의 설움을 원윤종, 서영우, 김동현, 전정린 선수가 말끔하게 씻어내고 앞으로 아시아가 봅슬레이 강국으로 새롭게 떠올랐음을 세계에 각인시켰다.

봅슬레이 4인승에서 은메달이 확정되자 관람석은 환호와 열광의 도가니로 바뀌었다.

10

울보 감독이라도 괜찮아

평창동계올림픽에서 선수들이 금메달과 은메달을 딸 때마다 눈물이 나서 계속 울었더니 '울보 감독'이라는 별명이 생겼다.

윤성빈 선수가 아시아 최초 스켈레톤 제왕에 올랐을 때는 나도 모르게 울컥 눈물이 나 남몰래 눈물을 흘렸다. 2011년 국가대표 감독으로 부임한 후 지난 7년 동안 달려오면서 온갖 장애물과 전투하며 살아왔던 시간들이 한꺼번에 떠올라 만감이 교차했기 때문이었다.

윤 선수가 금메달을 딴 뒤 그 금메달을 나의 목에 걸어주었다. 지금까지 잘 이끌어주어 고맙다고 하면서.

윤성빈 선수의 금메달을 목에 걸고 나니 눈물이 흘러나와 둘이 서로 껴안고 한참을 엉엉 울었다. 윤 선수의 고생을 내가 알고, 나의 고생을 윤 선수가 알기에 우리는 그 금메달을 사이에 두고 오래 울었다.

언론 공동 인터뷰 장소에 들어가야 하는데 눈물이 계속 나와서 기자회견을 제시간에 시작하지 못했을 정도였다.

봅슬레이 4인승에서 은메달을 딴 후에도 나도 모르게 눈물이 나와 평펑 울었다. 선수들과 부둥켜안고 울었는데 이때는 나보다 전정린 선수가 더 많이 울었다.

올림픽을 잘 마쳤다는 안도감과 지난 수년간의 노력들이 떠올라 눈물을 주체할 수 없었다. 그렇게 많이 울었기에 이제 더 이상 눈물이 나는 일은 없을 거라고 생각했는데 이번에는 선수들이 보내온 편지를 보고 다시 눈물을 흘려야 했다.

평창동계올림픽이 끝난 후 선수들이 나에게 마음을 담은 편지를 보냈다. 선수들이 한 줄 한 줄 손으로 적어 내려간 편지를 읽으면서 나도 모르게 다시 눈물이 흘렀다. 그동안 함께 목표를 향해 달려오면서 채찍질만 해온 것이 마음이 아팠는데, 선수들이 내 마음을 헤아려주는 편지를 보니 미안하고 고마웠다. 호랑이감독, 그림자감독이라는 별명보다 울보감독이라는 별명이 마음에 든다. 지금 흘리는 눈물은 기쁨의 눈물이기 때문이다.

이용 감독님께

감독님께 이렇게 편지를 쓰는 것이 처음이고 부끄럽기도 하지만 올림픽 이후에 꼭 감사한 마음을 전하고 싶어져 몇 자 적어보겠습니다.

2010년 9월 제가 봅슬레이 선수로 활동을 시작했을 당시에는 정말 척박한 환경이었습니다. 그래서 운동을 계속 해야 하는지 아니면 내가 꿈꾸어왔던 교사의 길로 다시 돌아가야 하는지 무척 고민이 많았습니다. 그런 고민의 연속에서 나갔던 해외 전지훈련은 매일매일이 지옥이었습니다.

썰매는 매일 빌려야 했었고 빌린 썰매로 경기장을 파손시켜 훈련을 중단시키고 손가락질을 받았었죠. 또한 처음 출전한 아메리카컵에서는 전복사고로 기록조차 남지 않았습니다. 많은 사람들은 비난을 했었습니다.

하지만 가능성을 보여주지 못한 저를 유일하게 믿어주시고 다시 시작하자고 말씀해주신 분이 감독님입니다. 절망 속에서 희망을, 좌절 속에서 용기를 주셨습니다. 그 이후 저는 빠르게 성장했고 올림픽 메달까지 딸 수 있었습니다. 이러한 원동력은 감독님의 따뜻했던 위로와 책임감 있는 리더십 덕분이었습니다.

대한민국 봅슬레이 스켈레톤팀이 메달을 딸 것이라고는 누구도 생각하지 못했습니다. 아무도 가보지 않았고 누구도 쉽게 손을 내밀지 않았으니까요. 시합에 출전하기에는 턱없이 부족했던 선수층, 장비를 구입하기 위해 필요한 후원사 그리고 선수를 성장시키기 위해 필요한 유능한 코치들 이러한 많은 조건들을 충족시키기 위해서 8년 동안 매일같이 발 벗고 뛰어다니신 것을 항상 지켜보았습니다. 감독님께서는 누구보다 헌신적이며 누구보다 열정적으로 이 팀을 세계 최고의 팀으로 이끌어 나갔습니다. 진심으로 존경스럽고 감사하게 생각합니다. 앞으로도 새로운 목표를 향해서 감독님과 함께 열심히 뛰고 싶습니다. 다시 한 번 감사드립니다.

2018. 2. 28. 원윤종 올림

이용 감독님께...

감독님께 이렇게 편지를 쓰는 것이 처음이고 부끄럽기도 하지만 올림픽 이후에 꼭 감사한 마음을 전하고 싶어서 몇 자 적어봅니다. 2010년 9월 제가 봅슬레이 선수로 활동을 시작했을 당시에는 정말 척박한 환경이었습니다. 그래서 운동을 계속 해야 하는지 아니면 내가 꿈꿔왔던 교사의 길로 다시 돌아가야 하는지 무지 고민이 많았습니다. 그런 고민의 연속에서 나갔던 해외 전지 훈련은 매일 매일이 지옥이었습니다. 썰매는 매일 빌려야 했었고 빌린 썰매도 장기장을 파손시켜 훈련을 중단 시키고 손가락질을 받았었죠. 또한 겨울 훈련만 아메리카 컵에서는 전복사고로 기록조차 남지 않았습니다. 많은 사람들은 비난을 했었습니다. 하지만 가능성을 보여주지 못한 저를 유일하게 믿어주시고 다시 시작 하자고 말씀 해주신 분이 감독님입니다. 절망속에서 희망을, 좌절 속에서 용기를 주셨습니다. 그 이후 저는 빠르게 성장했고 올림픽 메달 까지 딸 수 있었습니다. 이러한 원동력은 감독님의 따뜻했던 뒤로와 책임감 있는 리더십 덕분이었습니다. 대한민국 봅슬레이 스켈레톤팀이 메달을 딸 것이라고는 누구도 생각하지 못했습니다. 아무도 가본적이 없었고 누구도 쉽게 손을 내밀지 않았으니까요. 시합에 출전하기에는 턱없이 부족했던 선수층, 장비를 국일하기 위해 필요한 후원자 그리고 선수를 성장시키기 위해 필요한 유능한 코치들. 이러한 많은 코칭들을 충족시키기 위해서 8년동안 매일같이 발 벗고 뛰어다니신 것을 항상 지켜봐왔습니다. 감독님께서는 누구보다 헌신적이며 누구보다 열정적으로 이 팀을 세계 최고의 팀으로 이끌어 나갔습니다. 진심으로 큰 존스런고 감사하게 생각 합니다.

앞으로도 새로운 목표를 향해서 감독님과 함께 열심히 뛰고 싶습니다. 다시 한 번 감사드립니다.

2018. 02. 28

원 윤 종

이용 감독님께

감독님, 서영우입니다. 우선 감독님 저희 팀 모두를 위해 정말 고생 많으셨습니다. 너무 감사드리고 죄송합니다.

8년이라는 시간 동안 바라보고 꿈꿔왔던 올림픽이 드디어 끝났는데 아직도 실감이 나지 않고 시원섭섭합니다. 저도 이런 마음인데 모든 것 신경 쓰고 대단히 준비하신 감독님 역시 그런 마음이 클 것이라 생각합니다.

지난 시간들을 되돌아보면 우여곡절과 힘든 시기들이 참 많고도 다양했는데, 늘 팀에 리더로서 흔들리지 않게 중심 잡아주시고 더 나은 방향으로 이끌어주셔서 감사합니다.

아무것도 없던 시절, 뭘 해야 할지 막막했던 그때부터 지금까지 저희가 좋은 환경에서 훈련할 수 있게, 다른 것 신경 안 쓰고 운동에만 전념할 수 있게 고뇌하며 발로 뛰신 것 전부는 아니지만 알 수 있습니다. 감독님의 그런 시간들이 없었다면 지금처럼 큰 규모의 대표팀, 훈련 환경, 올림픽 성과를 이뤄낼 수 없었다고 확신합니다.

초창기 시절 포기하고 싶었던 적도 많았고 포기한 적도 있었던 저에게도 할 수 있다는 자신감, 희망, 믿음을 심어주셔서 너무 감사드립니다.

아무것도 보이지 않고 제가 어렸을 때 감독님께 서운하고 미웠던 적도 있었습니다. 헌데 선수 개개인이 아닌 전체를 생각하는 감독님의 마음과 계획을 시간이 지나 깨닫고 나니 제 마음이 얼마나 어리고 부족했는지 느꼈습니다. 감독님이 감정을 잘 표현하지 않으시지만 선수들이 다치거나 부진했을 때 가장 먼저 선수를 생각하고 걱정해주시는 점 알고 있습니다. 그 따뜻한 마음 너무 감사드립니다.

영화에서 주연이 스포트라이트를 받듯 저희 선수가 많은 주목을 받지만 보이지 않는 곳에서 고뇌하고 셀 수 없이 많은 계획과 준비를 하셨기에 저희가 이런 조명을 받을 수 있다는 것 절대 잊지 않겠습니다. 오늘날에 성취감과 공헌감 느끼게 이끌어주셔서 감사합니다.

감독님 말씀처럼 평창은 끝이 아니고 시작입니다. 오늘의 결실 그 이상을 다시 맛볼 수 있도록, 또 새로운 목표로 서수로서의 역할 묵묵히 수행하며 따라가겠습니다. 다시 한 번 너무 감사드리고 사랑합니다.

2018. 2. 25. 서영우 올림

감독님 안녕하세요.

말도 많고 탈도 많은 고참 김동현입니다.

10년 전, 유럽에서 처음 뵈었을 때 형인지 코치님인지 호칭조차 부르기 애매했던 시절을 떠나 이제는 당당히 대한민국 봅슬레이 스켈레톤 총감독님이라는 무거운 직함이 잘 어울리시는 것 같습니다.

아직도 제 귓가에 감독님의 고함소리가 생생하게 들려서 당장이라도 뛰어야만 할 것 같은데, 현실이 아니라 너무나도 다행입니다. :)

2011년 남아공 더반에서 '평창'이 외쳐진 순간부터 매달 저희와 함께 목표를 공유하셨고 매주 저희와 함께 연구하셨으며, 매일 저희와 함께 뛰셨기 때문에 2018 평창동계올림픽 시상대에 오를 수 있었습니다.

이것은 감독님께서 늘 강조하신 '우리 같이' 함께했기 때문에 이룰 수 있었던 결과물이었습니다.

하지만 많은 사람들이 봅슬레이 4인승은 기적이라고 말합니다. 그러나 우리는 달랐습니다. 저마다 모양이 다른 선수의 조각들을 감독님의 헌신적인 희생과 확고한 신념으로 조각들을 온전하게 붙여 'one team'으로 이루어 낸 것은 기적이 아니라 결실이었습니다.

그 결실을 위해 감독님과 함께 한 걸음 내딛을 때마다 너무나 간절했고 소중했습니다. 그 마음 잘 헤아려주셔서 지금까지 한없이 튼튼한 버팀목이 되어준 감독님께 진심으로 머리 숙여 감사드립니다.

앞으로 더 큰 목표를 위해 더 크게 고함지르셔도 믿고 한걸음 더 뛰겠습니다.

사랑합니다. 이용 감독님.

p.s 이제는 예담&도담 두 아이의 든든한 버팀목이 되어주세요. :)

2018. 2. 28. 김동현 올림

강독님 안녕하세요 !

말도 많고 탈도 많은 최고참 김동현입니다.

10년 전, 유럽에서 처음 뵈었을 때 형인지 코치님인지 호칭조차 부르기 애매했던 시절들 떠나 이제는 당당히 대한민국 봅슬레이·스켈레톤 총 강독님이라는 무거운 직함이 잘 어울리시는 것 같습니다.

아직도 제 귓가에 강독님의 고함소리가 생생하게 들려서 당장이라도 뛰어야만 할 것 같은데. 현실이 아니라 너무나도 다행입니다. :)

2011년 남아공 더반에서 '평창'이 외쳐진 순간부터 매달 저희와함께 목표를 공유하셨고 매주 저희와 함께 연구하셨으며 매일 저희와 함께 뛰셨기 때문에 2018 평창 동계 올림픽 시상대에 오를 수 있었습니다. 이것은 강독님께서 늘 강조하신 '우리 같이' 함께 했기때문에 이룰 수 있던 결과물이 있습니다.

하지만 많은 사람들이 봅슬레이 4인승은 기적이라고 말합니다. 그러나 우리는 달랐습니다. 저마다 모양이 다른 선수들의 조각들을 강독님의 헌신적인 희생과 확고한 신념으로 조각들을 온전하게 붙여 'one team'으로 이루어 낸 것은 기적이 아니라 결심이었습니다.

그 결심을 위해 강독님과 함께 한 걸음 내딛을 때마다 너무나 강렬했고 소중했습니다. 그 마음 잘 헤아려주셔서 지금까지 한없이 든든한 버팀목이 되어준 강독님께 진심으로 머리숙여 감사드립니다.

앞으로 더 큰 목표를 위해 더 크게 고함지르셔도 믿고, 한 걸음 더 뛰겠습니다. 사랑합니다 이용 강독님.

2018. 2. 28.
김동현

P.S 이제는 예당 & 도당 두아이의
든든한 버팀목이 되어주세요. :)

이용 감독님께

감독님, 정린입니다.

수년간 준비했던 올림픽이 끝나고 감사의 마음을 담아 편지 한 통 써보려 합니다.

2012년 5월 제가 처음에 대표팀에 선발되고 나서 정말 모든 것을 가르쳐주시고 지도해 주신 점 너무 감사드립니다.

전문적인 운동 경험도 없었고 다른 선수들과도 비교해 많이 모자랐던 부분이 많았습니다.

하지만 감독님 말씀 많이 듣고 따라 가려 많이 노력했습니다.

제가 기억하는 가장 힘든 시즌은 저의 첫 시즌이었던 것 같습니다.

감독님과 선수 넷 정말 조촐했습니다.

저는 대한민국을 대표한다는 자부심을 가지고 최선을 다해 열심히 했지만 역시나 세계의 벽은 높았습니다. 하지만 하나의 팀으로 노력하고 똘똘 뭉친 결과 아메리카컵에서 첫 금메달을 획득했고 이것이 봅슬레이 부흥의 시작이었다고 생각합니다.

윤종이 형과 영우의 세계랭킹 1위 그리고 4인승 월드컵 메달 등 감독님의 지도하에 정말 많은 발전과 변화가 있었습니다. 개인적으로는 저에 대한 믿음에 정말 크게 감사하고 있습니다.

십자인대와 발목수술로 재활과 회복을 끝까지 믿고 기다려 주시고, 올림픽 6개월 전 후방 십자인대 파열로 인한 부상에도 할 수 있다는 격려와 재활과 회복에만 집중할 수 있게 해주신 점 다시 한 번 감사드립니다.

제가 겉으로 표현은 많이 안 하지만 상심과 걱정이 많았었는데 항상 응원과 격려를 해주신 덕분에 올림픽 때 좋은 결과가 있었다고 생각합니다.

항상 선수의 입장에서 먼저 배려해주시고 운동에만 전념할 수 있도록 최고의 환경을 만들어주시려 노력하신 점도 감사드립니다.

올림픽 메달은 우리 넷이 아닌 봅슬레이 전체팀과 감독님께서 만들어주셨다는 점도 잊지 않고 항상 가슴속에 새기겠습니다.

은혜 잊지 않겠습니다. 감사합니다.

2018. 2. 26. 전정린 올림

이용 감독님께

안녕하십니까 감독님! 저 성빈입니다. 제가 이렇게 편지를 쓰게 된 이유는 다름 아닌 우리 팀 모두가 원했던 좋은 결과로 잘 마무리 할 수 있었던 것에 대한 감사함을 이렇게 작게나마 전해드리고 싶었기 때문입니다.

저 혼자가 아닌 우리 팀 모두가 감독님께서 지금까지 보이지 않는 곳에서 팀을 위해 어떤 노력을 해오셨는지 알기에 우리 모두가 지금까지 감독님을 따르는 게 전혀 힘들지 않았습니다. 오히려 합숙하던 시간은 즐겁기만 했습니다. 감독님께서 선수들 앞에서 항상 말씀하셨듯 우리는 가족과도 같이 지내오며 지금까지 왔습니다.

이러한 팀의 분위기가 가능했던 것 또한 감독님께서 우리 선수들 모두를 가슴으로 대해 주셨기 때문이라고 생각합니다.

이번 올림픽 경기가 끝난 뒤 감독님께서 저에게 그러셨습니다.

"다른 사람이 아닌 니가 해낸 거야"라고.

하지만 저는 그렇게 생각하지 않습니다. 물론 감독님께서도 그렇게 생각하시지 않으실 겁니다. 이 올림픽 메달은 보이지 않는 곳에서 고생하시는 분들이 계셨기에 지금에 제가 있다고 생각합니다. 이런 가르침을 해주셔서 정말 감사합니다. 이제는 다음 우리의 목표인 이번 올림픽을 시작으로 더 뻗어나가기 위해 지금까지와 같이 감독님과 함께 그리고 우리 팀과 함께 다음을 향해 가고 싶습니다. 항상 감사드립니다.

2018. 2. 16. 윤성빈 올림

이용 감독님께

안녕하십니까 감독님! 저 성빈입니다. 제가 이렇게 편지를
쓰게된 이유는 다름 아닌 우리팀 모두가 원했던 좋은 결과로
잘 마무리 할수 있었던 것에 대한 감사함을 이렇게 작게 나마
전해드리고 싶었기 때문입니다. 저 혼자가 아닌 우리팀 모두가
감독님께서 지금까지 보이지 않는 곳에서 팀을 위해 어떤
노력을 해오셨는지 알기에 우리 모두가 지금 까지 감독님을
따르는게 전혀 힘들지 않았습니다. 오히려 합숙하던 시간은
즐겁기만 했습니다. 감독님께서 선수들 앞에서 항상 말씀 하셨던
우리는 가족과도 같이 지내오며 지금까지 왔습니다.
이러한 팀의 분위기가 가능했던 것 또한 감독님께서 우리
선수들 모두를 가슴으로 대해 주셨기 때문이라고 생각합니다.
이번 올림픽 경기가 끝난뒤 감독님께서 저에게 그러셨습니다.
"다른사람이 아닌 니가 해낸거야" 라고 하지만 저는 그렇게
생각하지 않습니다. 물론 감독님께서도 그렇게 생각 하시지
않으실겁니다. 이 올림픽 메달은 보이지 않는 곳에서 고생
하시는 분들이 계셨기에 지금에 제가 있다고 생각합니다.
이런 가르침을 해주셔서 정말 감사합니다. 이제는 다음 우리의
목표인 이번 올림픽을 시작으로 더 뻗어나가기 위해
지금까지와 같이 감독님과 함께 꼭 또 우리팀과 함께
다음을 향해 가고 싶습니다. 항상 감사드립니다.

2018.02.16 윤성빈 올림

279

11

여자선수들도 1, 2년 안에 성장 가능

우리나라 봅슬레이 스켈레톤 대표팀에는 남자 선수뿐 아니라 여자 선수들도 열심히 훈련하고 있다. 2018년 현재 모두 5명의 여자 선수들이 있다. 이들은 남자 선수에 비해 아직 이름이 덜 알려져 있다. 국제대회에서 성과를 내지 못했기 때문이다.

남자 선수들은 내가 2011년 국가대표팀 감독으로 부임한 첫 해부터 '강-강-강'으로 훈련시켰다. 분명 1, 2년 안에 세계 수준으로 성장할 수 있다고 생각하고 강도 높게 훈련을 밀어붙였다.

여자선수들은 2015년에 처음 조직해 운영하기 시작했다. 여자 선수들 역시 처음부터 '강-강-강'으로 훈련을 시켰다. 그러나 여자 선수들은 '강-강-강'을 강요하는 내 주문에 '강-강-강'의 훈련을 끝까지 따라오지 못하는 경우가 많아 아쉬움이 남았다.

봅슬레이 선수는 몸무게를 늘리는 것이 중요한데 이는 여자선수도 예외는 아니다. 여자선수들도 처음 입문했을 때 55kg 정도에서 시작해 75kg까지 몸무게를 늘려야 한다. 여자선수들은 운동을 위해 신체적 여성성을 버려야 하는 어려움이 있다.

나는 우리나라 스포츠 여자선수들 중 역도의 장미란 선수를 가장 존경한다. 스포츠 스타들은 나름대로 외모를 가꿔가면서 훈련을 하는 것이 보통이다. 그러나 장미란 선수는 역도의 특성상 몸무게를 늘려야 하기에 여성성을 포기하고 살을 찌웠고, 힘든 훈련을 이겨내고 금메달을 따냈다. 목표를 위한 장미란 선수의 노력을 존경한다.

보통 운동선수들은 팬들의 응원을 받아 그 힘으로 외로움과 고통을 이겨내며 운동을 이어간다. 운동선수들도 외모가 출중하면 팬이 더 많은 것은 부인할 수 없는 현실이다. 그런 면에서 봅슬레이 여자선수들은 남자선수들보다 더 외로운 운동을 하고 있는 셈이다. 외모 가꾸기를 포기하고 몸무게 늘리기에 힘써야 하기 때문이다.

평창동계올림픽에서 여자 봅슬레이 2인승에 파일럿 김유란

(26, 강원연맹)과 브레이크우먼 김민성(24, 동아대) 선수가 호흡을 맞춰 출전해 최종 14위를 기록했다.

여자선수들은 평창동계올림픽에서 자신들이 외국 여자선수들에 비해 기량이 떨어지고 또 우리나라 남자선수들에 비해 많이 부족한 성적을 낸 것에 대해 총감독인 나에게 미안해했다.

그러나 나는 여자선수들이 올림픽에서 보여준 성적을 무척 높게 평가했고, 그 사실을 우리 선수들에게 이야기했다. 먼저 스타트가 좋았다. 스타트에서 1위 선수와 비교하면 0.4초가 뒤졌다. 스타트 0.4초는 피니시에 도착했을 때 1초 이상의 차를 만든다. 그러나 우리 선수들은 피니시 라인에서도 0.4초를 유지해 가능성을 내보였다. 어떻게 훈련해서 기량을 높이느냐의 문제만 남았다.

남자선수들이 체계적인 시스템 속에서 강도 높은 훈련을 통해 세계적인 선수로 성장했듯 여자선수들도 분명히 세계를 놀라게 하는 선수로 성장할 것으로 믿는다.

12

'우리 같이' 만들어낸 기적

평창동계올림픽에서 봅슬레이 4인승 대표팀 선수들의 헬멧을 인상 깊게 봤다고 이야기해주는 분들이 많다. 대표팀의 건곤감리(乾坤坎離) 헬멧과 썰매의 대한민국 글씨는 모두 내 아이디어였다. 우리나라의 국기인 태극기의 모서리에 그려진 건곤감리는 각각 하늘, 땅, 물, 불을 상징한다. 선수 4명이 모여 완전한 하나가 된다는 의미로 건곤감리 헬멧을 착용했다. 선수들의 옷은 빨간색, 썰매는 흰 바탕에 파란색이어서 태극기를 연상시켰다. 대한민국 봅슬레이 대표팀 선수들이 태극기가 되어 달린 셈이다.

썰매에는 '대한민국'이라는 글자를 한글로 큼직하게 써 넣었다.

우리는 하나라는 의미를 강조하기 위해 건곤감리 헬멧을 썼다.

뒷이야기이지만, 원래 내가 디자인한 썰매 글씨는 따로 있었다. 썰매에는 원래 '우리 같이'라는 글자를 크게 써넣으려고 했었다. 그리고 그 옆에는 자그마한 글씨로 우리 봅슬레이 스켈레톤 국가 대표 선수들이 금메달과 은메달을 따기까지 함께 땀을 흘리며 고생해온 모든 사람들의 이름을 새겨 넣을 생각이었다.

2011년 대표팀 감독으로 부임해 2018년 올림픽에서 메달을 따기까지 함께 고생한 수많은 선수와 지도자들이 있었다. 특히 지금까지 수년간 함께 고생했지만 올림픽에는 출전하지 못한 선수들의 이름을 비롯해 물심양면으로 애써준 코칭 스태프들의 노고를 잊어서는 안 된다. 또 우리 대표팀은 영원히 잊지 못할 이름 곰머까지.

우리는 다 같이 한마음, 한뜻으로 여기까지 왔다는 의미로 '우리 함께'라는 단어를 떠올렸다. '함께'라는 단어는 지금 진행상황이거나 미래형을 뜻하는 것 같다. 지금까지 지난 7년 동안 같이 고생해온 사람들과 현재에도 미래에도 함께하자는 의미를 담아 썰매 디자인을 직접 했다.

올림픽 경기에서 썰매나 헬멧 등에 글자나 그림을 넣는 일은 매우 까다롭다. 세계인의 눈이 집중되는 자리니 만큼 홍보효과가 크기 때문이다. IOC는 선수들의 옷이나 헬멧에 스폰서나 특정

이름, 정치적인 내용 등을 넣을 수 없게 규정하고 있다. 결국 내가 직접 그린 도안에 사람 이름이 들어가기 때문에 IOC 규정 위반이어서 넣을 수 없었다.

대신 '우리 함께' 달린다는 의미를 잘 전달할 수 있는 상징이 무엇일까 고민하다가 건곤감리를 떠올렸다. 썰매에는 대한민국이라고 쓰고 선수들의 헬멧에 건곤감리를 넣었다.

선수들이 건곤감리 헬멧을 쓰고 달리는 모습을 보면서 나는 다시 한 번 다짐했다. 우리의 시작은 아주 외로웠지만 시간이 지날수록 함께 하는 사람들이 점차 늘었다. 혼자가 아니라 우리가 되어갔다.

해외에서도 나는 인터뷰를 할 때 항상 "마이 팀(my team)보다 아우어 팀(our team)"이라고 말한다. 우리는 혼자가 아니라 함께일 때 가장 큰 힘을 발휘한다는 의미다.

외국인 코치들도 한 번 한국팀에 발을 들이면 다른 팀으로 가기를 싫어한다. 한국팀과 함께 하기를 원한다. 그 어느 나라에서도 맛보지 못한 한국의 끈끈한 정(情)에 감동해 그들 역시 기꺼이 우리가 된다. 앞으로도 우리는 계속 함께 달려 나갈 것이다.

13

말콤 로이드 코치와
한국 봅슬레이팀의 스토리, 영화가 된다

밴쿠버 월드컵에서 봅슬레이 선수들이 금메달을 땄을 때 선수들은 말콤 로이드 코치에 대한 추모의 의미를 담아 그의 별명인 곰머의 이니셜인 'G' 마크를 붙이고 달렸다.

말콤 로이드 코치에 대한 특별한 인연이 언론에 알려지면서 여기저기서 영화로 만들고 싶다는 제안이 쏟아져 들어왔다.

제안을 해준 영화사 몇 곳 중에서 CJ엔터테인먼트와 영화에 대한 계약을 하게 됐다. 다른 영화사 측은 총감독인 나와 원윤종, 서영우 선수에게 계약금 1억씩에 영화 흥행에 따른 러닝개런티를 제안했다. 그러나 CJ는 계약금은 거의 없는 대신 러닝 개런티 비율을 높이겠다고 했다. 나는 계약금이 많은 것보다 러닝개런티가 많은 것을 선택했다. 물론 영화가 잘될 수도 흥행에 실패할 수도 있다. 그러나 대표팀의 몇 명만 계약금을 받는 것보다는 우리 선수들이 모두 영화에 동참할 수 있는 쪽을 택했다.

그리고 한 가지 제안을 했다. 러닝개런티를 선수단 10%, 연맹 10%를 제공하면 좋겠다는 의견을 밝혔다. 그렇게 해서 계약서에 도장을 찍었다.

선수들 중 잘하는 선수는 돈을 많이 벌지만 하위 그룹 선수는 그렇지 못하기 때문에 그 친구들에게도 고생한 대가를 주고 싶었다. 영화가 잘돼 많은 수익이 나면 러닝개런티를 받아서 하위권 그룹의 선수들에게 혜택을 주고 싶은 마음이었다.

지금 하위그룹에 있는 선수들은 감히 상위그룹 선수에게 도전할 수 있다는 생각을 하지 못한다. 나이도 어리고 실력도 부족하기 때문이다. 그러나 영화에 함께 참여하다 보면 자신감과 동기부여가 돼 더 열심히 해보겠다는 도전의식을 갖게 되지 않을까.

평창동계올림픽에서 봅슬레이 스켈레톤 대표팀이 금메달 한 개, 은메달 한 개를 땄기 때문에 연맹과 정부에서 포상금이 나올 예정이다. 그중에서 정부에서 받는 포상금은 감독과 코치에게 배분이 된다. 나에게 배정된 돈은 내가 가져도 되는 돈이지만, 나는 올림픽 전에 일찌감치 다른 지도자들과 선수들에게 약속을 했다.

"저는 어디서 어떤 상금이 얼마가 나오든 무조건 대표팀 구성원들과 n분의 1을 하겠습니다. 돈이 크든 작든 상금이 나온다면 선수들뿐 아니라 희생하고 서포트해준 모든 구성원들과 골고루 나눠야 합니다. 우리 모두 다함께 고생했기 때문입니다."

성공의 열매를 구성원 모두 골고루 나눠야 한다고 믿는 나는 올림픽 포상금 역시 마찬가지로 공평하게 배분할 예정이다. 이런 것들이 우리 대표팀의 결속을 키우는 일이라고 믿는다.

영화는 현재 시나리오 작업이 진행 중이며, 시나리오가 완성되고 주인공을 캐스팅하는 대로 올해 연말쯤 촬영이 시작된다. 어느 배우가 주인공을 맡게 될지 선수들과 함께 모두 기대를 하고 있다. 이왕이면 키 크고 잘생기고 멋있는 배우가 주인공을 맡아주면 좋을 텐데, 그렇게 되면 봅슬레이 스켈레톤의 팬들이 더욱 늘어나지 않을까, 그런 즐거운 상상을 한다.

한국 선수들에게 자신의 노하우를 아낌없이 전해주고 세상을 떠난 말콤 로이드와 한국 국가대표 선수들과의 아름다운 이야기가 영화를 통해 알려지면 더 많은 사람들이 그를 추모하고 기억할 수 있게 될 것이다. 우리 선수들이 말콤 로이드의 이니셜을 달고 평창동계올림픽에서 얼음 트랙을 질주했던 것처럼 우리 대표팀은 말콤 로이드 코치를 영원히 가슴속에 기억할 것이다.

14

후배들에게 배운다

지도자는 선수들에 대한 철저한 분석이 필요하다. 각 선수들마다 장단점을 바탕으로 마스터 플랜을 작성한다. 나만의 선수들 개별 노트에는 선수들의 단계별로 중장기 플랜이 담겨 있다. 그렇기에 선수들도 모르는 선수에 대한 모든 것을 알고 있다고 생각하지만, 의외로 선수들에게서 새로운 것들을 배울 때가 있다.

이번 평창동계올림픽에서는 윤성빈 선수를 보면서 내가 미처 생각하지 못했던 것들을 새롭게 배우는 계기가 됐다.

윤성빈 선수가 금메달을 딴 후 '아이언맨'이라는 닉네임을 얻었다. 할리우드 영화 속 영웅인 아이언맨처럼 날아오르는 것을 상상하며 달렸고 실제 얼음트랙 위의 영웅으로 탄생했다. 아이언맨을 꿈꿨던 윤성빈 선수가 아이언맨 헬멧을 쓰고 달려 실제 아이언맨 같은 영웅이 된 것이다.

나는 여기에서 선수가 스스로를 자신을 마케팅하는 능력을 보고 감탄했다. 이것은 내가 미처 생각하지 못한 부분이었다. 후배이고 제자이지만 윤성빈 선수에게 배워야 할 점이라고 생각했다.

'아이언맨'은 스켈레톤을 잘 모르던 사람들에게도 강렬한 인상을 남겼다. 이제 아이언맨과 스켈레톤을 잘 모르는 국민이 없을 정도다. 돈으로 환산할 수 없을 정도로 엄청난 홍보효과를 낸 셈이다.

앞으로 스켈레톤 종목의 후원을 위해 기업을 찾아가면 아이언맨이 무척 좋은 작용을 할 것이 분명하다. 올림픽이 끝나고 나서도 '스켈레톤=아이언맨'이라는 이미지는 사라지지 않고 남는다.

차세대 지도자가 나온다면 내가 능력의 한계로 가지지 못한 것을 채워나갔으면 좋겠다. 나는 불모지에서 처음 씨앗을 심었다면 이제 그 씨앗을 키워 풍성한 정원을 가꿔가는 것은 내가 아니라 후배들의 몫이다.

동계올림픽 종목은 동계올림픽 때 잠깐 눈길을 끌다가 다시 무관심의 긴 시간으로 접어들게 된다. 매년 동계올림픽이 열리면 얼마나 좋을까만 비인기 종목의 선수들은 또다시 긴 외로움 속에서 자신과의 싸움을 시작해야 한다. 비인기 종목에 속해 있는 선수들은 너무 외롭고 힘든 일이다. 그러나 이번에 윤성빈 선수가 금메달을 따면서 스켈레톤이라는 종목을 각인시켰고, 원윤종, 서영우, 김동현, 전정린 선수가 은메달을 따면서 봅슬레이에 대한 대중들의 관심도 더 높아졌다. 사람들이 경기 용어를 외우고 룰을 배우는 모습을 보면서 무척 기뻤다. 이 모두 우리 선수들이 잘 해내줬기 때문이다. 우리 선수들이 있는 한 우리의 팀은 베이징 동계올림픽까지 달려 나갈 수 있다.

15

23회 코카콜라 체육대상 우수지도자상 수상

아시아 최초 스켈레톤 금메달, 봅슬레이 은메달의 기쁨은 상으로 이어졌다. 나는 얼마 전 개최된 2018년 '제23회 코카콜라 체육대상'에서 우수지도자상을 받았다. 평창동계올림픽에서 좋은 성적을 거둔 쇼트트랙이나 컬링 등 쟁쟁한 지도자들을 제치고 내가 수상하게 돼 부끄러우면서도 기뻤다.

이번 코카콜라 체육대상 우수지도자상은 나에게 특별한 감회를 주는 상이다. 지난 2016년 이 상을 수상할 기회가 있었는데 당시 우리 팀을 위해 헌신하다 세상을 떠난 말콤 로이드 코치에게 상을 양보했다. 그때 양보한 상이 2년 후 더 큰 기쁨이 되어 내 품으로 돌아온 셈이다.

당시 말콤 로이드 대신 나와 원윤종, 서영우가 단상에 올라 대신 상을 받았고, 원윤종과 서영우가 말콤 로이드 코치에게 보내는 편지를 읽었다.

우리들의 영원한 스승 로이드 코치님께 먼저 이 자리를 빌려 한국 봅슬레이를 이끌어준 로이드 코치님 영전에 깊은 애도를 표합니다. 월드컵 1차대회 수상 뒤 '잘했다'며 호탕한 웃음을 지은 코치님 모습이 선합니다. 코치님은 우리에게 훌륭한 지도자이자 멋진 스승이셨습니다. 익숙지 않은 트랙을 보고 두려워하는 우리를 보고 잘할 수 있다고 격려해주셨습니다. 그 결과 세계 랭킹 1위라는 영예를 안게 됐습니다. 이 모습을 보고 누구보다 기뻐할 코치님 모습에 가슴이 아려옵니다.
'목표를 향해 정진하라. 가르침을 잊지 않고 노력하라'는 유언을 들었습니다. 코치님은 이 자리에 함께하지 못하지만 우리 가슴엔 영원히 함께할 것입니다. 2년 뒤 평창 올림픽 금메달을 영전에 올리겠습니다. 지켜봐주세요. 언제나 한국 봅슬레이를 이끌어주신 코치님을 기억할 것입니다.

코카콜라 체육대상과 우리 선수들의 인연도 깊다. 지난 2016년 '제21회 코카콜라 체육대상'에서 스켈레톤 윤성빈 선수가 신인상을 수상했고, 봅슬레이 원윤종, 서영우 선수가 최우수 선수상을 수상했다. 말콤 로이드 코치는 우수지도자상을 받아 대한봅슬레이스켈레톤경기연맹은 3관왕이라는 경사를 누렸다. 2018 '제

23회 코카콜라 체육대상'에서도 3관왕을 달성했다. 윤성빈 선수가 최우수선수상을 차지했고, 봅슬레이팀이 단체상, 내가 우수지도자상을 수상해 3관왕의 기쁨을 누렸다.

오늘 봅슬레이스켈레톤 대표팀의 모든 기쁨은 말콤 로이드 코치가 하늘에서 우리를 응원해준 덕분이라고 생각한다. 말콤 로이드 코치의 부인은 평창동계올림픽 기간 중 우리 선수들의 경기에 맞춰 한국을 찾아와 선수들을 응원해주었고 선수들의 메달을 누구보다 기뻐해주었다. 말콤 로이드의 가르침은 영원히 우리 선수들의 가슴에 새겨져 있다.

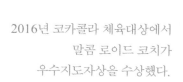

2016년 코카콜라 체육대상에서
말콤 로이드 코치가
우수지도자상을 수상했다.

16

평창 이후, 지속적인 성장이 중요

한국의 봅슬레이 스켈레톤은 평창동계올림픽이라는 큰 산을 넘었다. 평창동계올림픽에서 금메달이라는 목표를 향해 7년간 쉼 없이 달려온 시간들이었다. 지금까지 흘린 땀이 헛되지 않아 금메달과 은메달을 땄다.

봅슬레이 스켈레톤 대표팀의 성과는 어느 종목이든 지원이 충실하면 얼마든지 효자 종목으로 성장할 수 있다는 것을 알려주는 증거라고 할 수 있다. 피겨의 김연아 선수나 수영의 박태환 선수 등 메달을 따는 것은 불가능하다고 여겼던 종목에서 세계적인 선수들이 탄생해 국민들을 기쁘게 했었다.

스켈레톤 윤성빈 선수의 탄생도 마찬가지다. 스켈레톤에서 우리나라 선수가 아시아 최초로 올림픽 금메달을 딸 거라 예상한 사람은 거의 없었다. 아무도 도전하지 않은 종목에 과감히 도전했고 그 결과 세계의 영웅으로 급부상했다.

해외 언론들도 윤성빈 선수에 대해 '압도적인 실력 차'라면서 그 실력을 높이 평가했다. 메달을 딴 후 언론과의 인터뷰에서 나는 "앞으로 10년은 윤성빈의 시대가 될 것"이라고 호언했다. 이 말은 허언이 아니다.

윤성빈은 이제 20대 중반이다. 그리고 썰매 종목은 경험이 많을수록 절대적으로 유리하다. 그렇기에 앞서 말했듯 썰매 종목 선수들은 30~40대에 최고의 기량을 내는 일이 허다하다. 윤성빈 선수는 앞으로 10년은 경험을 쌓으면서 자신의 기량을 마음껏 발휘할 수 있다.

외국의 사례를 보면 톱선수들은 짧게는 10년부터 길게는 20년까지 전성기를 달린다. 윤성빈은 5년, 원윤종은 7년을 탔다. 두 선수 모두 10년도 채 안된다. 2022년 베이징동계올림픽까지 지금 멤버 그대로 참가할 수 있는 것은 물론, 잘하면 2026년까지도 갈 수 있다. 그게 우리 팀이 가진 큰 강점이다. 이제 우리 봅슬레이 스켈레톤은 하계올림픽의 양궁이나 태권도 정도는 아니더라도 메달 효자 종목으로 자리 잡을 것으로 자신한다.

그러나 이 모든 것은 봅슬레이 스켈레톤 종목에 대한 꾸준한 관심과 지원이 이뤄졌을 때 가능한 스토리다. 평창동계올림픽이라는 국제 행사를 위한 반짝 관심으로 끝나서는 안 된다. 평창동계올림픽은 끝났지만 우리 봅슬레이 스켈레톤은 이제부터 다시 시작이다. 잔치는 끝났고, 이제는 차분하게 공과를 점검하면서 앞으로의 스텝을 고민해야 할 시간이다. 그리고 선수들도 지도자도 다시 신발끈을 고쳐 신고 다시 뛸 준비를 해야 한다.

먼저 동계올림픽을 통해 보여준 세계 최고 수준의 팀 기량을 어떻게 유지시킬 것인가가 가장 큰 고민이다.

당장 올림픽이 끝난 후, 한 달도 되지 않아 봅슬레이 스켈레톤 대표팀의 상비군은 정리 수순을 밟았다. 대한체육회는 상비군의 인원이 적다는 이유로 운영이 어렵다고 통보했고 결국 해산을 하게 됐다. 이로써 15명의 선수, 4명의 지도자가 운영됐던 상비군은 해체됐다.

올림픽을 위해 집중됐던 지원도 끊겼기 때문에 지도자도 절반 정도로 줄어들게 됐다. 동고동락을 함께 하며 한국팀의 메달 획득에 크게 기여했던 외국인 코치 6명도 계약이 종료돼 자국으로 돌아갔다.

대표팀을 이끄는 총감독으로서 팀 구성원에 대한 고민은 마치 아버지가 자식들을 먹여 살릴 걱정을 하는 것과 비슷하다. 선수들이 돈 걱정, 밥 걱정 없이 훈련에만 집중할 수 있는 환경을 만들어줘야 2022 베이징동계올림픽에서 평창동계올림픽 못지않은 실력을 낼 수 있다. 그러나 평창올림픽이 지난 직후 상황을 보면 결국 한국의 봅슬레이 스켈레톤 수준은 다시 원점으로 돌아갈 가능성이 높다.

국제봅슬레이스켈레톤경기연맹(IBSF) 공식 인증을 받아 올림픽 경기가 치러졌던 평창 올림픽슬라이딩센터는 운영 주체가 결정되지 않아 결국 잠정 폐쇄하게 됐다. 연간 20억 원의 운영비를 감당할 곳이 없다는 이유였다. 그동안 국내에 슬라이딩센터가 없어 해외 전지훈련을 전전했던 우리 선수들은 평창 올림픽슬라이딩센터가 생겨 앞으로 훈련할 생각에 얼마나 기대를 했는지 모른다. 올림픽슬라이딩센터는 그동안 얼음트랙이 없어 바퀴가 달린 나무썰매를 타고 연습했던 대표팀의 소원이 이뤄진 공간이다. 이제 우리도 세계에 뒤지지 않는 얼음트랙을 갖춘 나라가 됐기에 썰매 종목의 비약적인 발전을 기대했다.

그러나 그것은 짧은 꿈에 불과했다. 국내에 슬라이딩센터가 생겼지만 운영이 되지 않으면 무용지물이다. 아직 올림픽슬라이딩센터의 관리를 어느 부처에서 할지, 어떤 방식으로 할지 결정된 것이 하나도 없다. 이제 꽃을 피우기 시작한 봅슬레이 스켈레톤이 본격적으로 세계를 향해 비상할 수 있도록 얼음트랙의 효율적인 관리가 필요하다.

2017년 캘거리 트레이닝 센터에서 훈련 중
우리도 이런 훈련장이 있다면 좋겠다고 생각했다.

나의 마지막 꿈은 우리나라 장비, 우리나라 지도자, 우리나라 선수로 구성된 팀을 운영하는 것이다. 우리나라 장비에 관한 갈증은 현대자동차의 투자로 현실화됐다. 이제 남은 것은 우리나라 코치진이다. 아직은 선진국에서 배워야 할 것이 많기에 시기상조이지만 그 언젠가는 우리나라 코치진의 실력이 세계의 우위를 점유하는 날이 올 것으로 믿는다. 선수층을 두텁게 하는 것도 당면과제다. 외국인 지도자들이 우리나라 선수들을 보면 깜짝 놀라는 것이 있다.

"한국은 정말 재미있는 나라다. 스켈레톤을 제대로 하는 선수가 4명인데 그중에서 세계 랭킹 1등도 있고, 2등도 있다. 봅슬레이 선수도 모두 10명 안팎인데 그중에 세계랭킹 1위, 2위가 있다. 이 정도 실력의 선수를 갖추고 있으면 후보군이 무척 많아야 하는데 실제 선수가 몇 명 없다는 게 놀랍다."

그 말대로 한국에는 봅슬레이 스켈레톤 선수들이 무척 많을 것으로 기대하다가 선수들이 몇 명 되지 않다는 걸 알고 놀라워한다.

이제는 우리도 선수층을 더 두텁게 하는데 힘써야 한다. 그동안 여건이 되지 않아 최소 인력만으로 팀을 꾸려왔지만 이제는 달라져야 한다. 봅슬레이 스켈레톤이 메달 종목이라는 점을 잊지 말고 재능 있는 선수들을 보다 적극적으로 발굴 육성하는 작업을 시작해야 한다. 베이징동계올림픽은 4년 후에 열리지만, 선수들을 훈련시키고 키우는 것은 지금부터 당장 시작해야만 한다. 그래야만 베이징동계올림픽에서 좋은 결과를 얻을 수 있다.

17

베이징동계올림픽을 향해 달린다

베이징동계올림픽을 위한 준비는 벌써 시작됐다. 지난 3월 중순 선수들과 함께 다시 진천선수촌으로 입촌해 베이징동계올림픽을 제2의 평창동계올림픽으로 만들기 위해 다시 뛰기 시작했다.

가능성은 매우 높다. 평창동계올림픽에서 좋은 기량을 보여준 선수들이 있기 때문이다. 나이가 20대 중반으로 젊은 윤성빈 선수를 비롯해 노련한 기량의 원윤종, 서영우, 김동현, 전정린까지 베이징올림픽 무대에서 다시 한 번 승리에 도전에 나설 수 있다. 이들은 평창동계올림픽을 통해 올림픽이라는 큰 경험을 했기에 베이징동계올림픽에서 더욱 원숙한 경기를 펼칠 가능성이 높다.

같은 아시아권에서 열리는 올림픽이라는 점도 호조다. 올림픽은 선수들에게 있어 시차와의 싸움이 무척 중요하다. 시차가 정반대인 나라에서 경기를 펼치게 되면 선수들이 제 기량을 100% 발휘하는데 있어 어려움을 겪는다. 그런 점에서 베이징동계올림픽은 우리나라 선수들에게는 좋은 조건이다. 시차가 거의 없고 비행시간도 3~4시간에 불과하기 때문에 선수들이 피로를 덜 느끼게 된다. 그렇기에 유럽이나 미주 지역 선수들보다 유리한 조건이라고 생각한다.

개최국인 중국이 홈트랙 이점 때문에 메달을 딸 가능성도 비교적 적다. 중국 선수들의 실력은 아직 메달권으로 진입할 수준이 되지 않기 때문이다.

우리 선수들은 2014년 소치동계올림픽에서 중위권을 기록했다. 스타트도 매우 빨랐다. 그러나 중국은 지금 최하위권인데다 스타트도 꼴찌에 가깝다. 앞으로 4년 동안 아무리 노력한다고 해도 홈트랙 이점으로 중국이 메달권에 진입할 가능성은 적다.

베이징동계올림픽 선수촌 입촌 시기도 평창동계올림픽에 입촌했던 것처럼 최대한 늦출 계획이다. 훈련 환경이 좋은 진천선수촌에서 훈련하면서 선수들의 컨디션을 최고조로 유지시킨 후 경기 3~4일 전 베이징선수촌에 입촌해 현지 훈련을 하는 것을 계획하고 있다. 물론 이 모든 것은 베이징동계올림픽까지 내가 총감독을 맡는다는 전제하에 생각해보는 일들이다. 그러나 내가 총감독을 맡지 않는다 하더라도 내가 몸소 부딪히며 얻어낸 노하우들을 잘 기록해두었다가 후배들에게 전달할 생각이다. 그래야만 한국이 봅슬레이 스켈레톤에서 강대국이라는 지위를 유지할 수 있다.

썰매강국이 되기 위해서는 장비가 가장 중요하다. 현대자동차와 함께 개발하고 있는 국산썰매를 더욱더 진일보시키는 동시에 지금은 전부 해외에서 수입해 쓰는 날 역시 국내 기술로 개발하는 시도를 해야 한다. 지금까지 성적을 내는데 급급했지만 이제는 기초 중 기초라 할 수 있는 썰매와 날 개발에 박차를 가해야 할 시간이다.

평창동계올림픽이 끝난 후 각계에서 강연 요청이 들어오고 있다. 공직자를 대상으로 한 강연은 물론 기업이나 학교 등에서 강연을 해달라고 하고 있다.

나는 강연에서 아무리 불모지라도 5년 정도 계획을 세워 꾸준히 지원한다면 그 열매를 볼 수 있다는 점을 우리 사례를 들어 설명하고 있다. 기회가 될 때마다 스포츠에 있어서 행정이 얼마나 중요한지 이야기하며 봅슬레이 스켈레톤의 미래를 위해 노력하려 한다. 그것이 내가 후배들을 위해 해줄 수 있는 선물이다.

18

가족의 응원이 있어 달릴 수 있었다

지난해 5월부터 집을 나와 평창동계올림픽까지 집에 들어가지 못하고 달렸다. 아내와 아이들의 얼굴을 본 것이 언제인지 가물거릴 정도다. 평창동계올림픽을 마치고 약 4개월 만에 집으로 돌아가니 아이들이 훌쩍 자라 있었고 오랜만에 만난 아빠를 낯설어하는 모습이었다.

나는 어려서 어머니 아버지와 추억이 많지 않다. 두 분 다 일을 하러 다니셨기 때문에 자식들과 놀아줄 시간이 없었기 때문이다. 부모님과 추억을 많이 쌓지 못하고 자랐기에 내 아이들에게는 다정다감하게 좋은 추억을 많이 만들어주고 싶다는 생각을 했다. 그러나 마음뿐이었고 실제로는 그렇지 못해 마음 한편이 늘 아팠다. 일 년에 7~8개월은 밖으로 돌아다녀야 하는 남편이자 아버지이니 가족들에 대한 미안함은 그 어떤 말로도 하기 어렵다. 그러나 나에게는 불모지인 봅슬레이 스켈레톤을 세계 1위로 만들어야 한다는 사명감이 있었기에 가족에 대한 미안함은 가슴속에 담아둘 수밖에 없었다.

이런 내 마음을 알아주는 아내가 든든하게 뒤를 지켜주었기에 내가 마음 편히 대표팀에 전념할 수 있었다. 집안의 대소사를 알아서 해결해 내가 신경 쓰지 않도록 해주는 지혜로운 아내다. 큰아이가 네 살, 작은 아이가 세 살인데 아이들을 데리고 한 번도 동물원이나 놀이동산에 가본 적이 없는 못난 아빠다. 어쩌다 집에 가는 날에도 토요일 오후에 갔다가 일요일 날 아침에 나오기 일쑤고, 여름휴가도 없는 경우가 대부분이었다. 일 년에 두 번 열리는 어린이집 재롱잔치에도 한 번도 가보지 못했다. 전지훈련을 갔다가 집에 가면 아이들은 훌쩍 자라있었다.

아내는 컬링 국가대표였던 김미현 선수다. 아내와는 선수촌에서 운동을 하면서 1년 6개월 정도 연애를 하고 결혼했다. 집사람역시 운동선수 출신이기에 운동선수의 고충을 누구보다 잘 이해하고 응원해준다. 해외전지훈련이 잡혔다고 하면 "힘들어서 어떡해"라고 얘기해주는 사람이다. 일 년에 3분의 2를 나가서 사는 남편이 또 나간다고 하면 "또 나가냐"고 잔소리를 할 법도 한데, 아내는 한 번도 싫은 내색을 한 적이 없다. 오히려 "집을 떠나 생활하는 게 힘들 텐데 어떡하냐"고 걱정하는 사람이다.

어머니는 기도로 내게 힘을 주는 분이다. 평생 좋은 옷 한 번 입지 못하고 좋은 음식 한 번 못 드시고 자식들을 위해 희생하며 살아오셨다. 옛날보다는 잘살게 된 지금도 그때의 습관이 몸에 배어 있어서 자식이 소고기를 사드린다고 해도 마다하신다. 어머님은 소고기는 싫다고 삼겹살이 좋다면서 극구 삼겹살을 시킨다. 자식이 돈 많이 쓰는 걸 못 보는 어머니다. 아들이 이제는 소고기 사드릴 형편은 된다고 아무리 얘기를 해도 한사코 마다하시니 참으로 짠하고 안쓰럽다.

어머니는 자식의 목소리가 듣고 싶어도 전화를 잘 하지 않는다. 아들이 항상 바쁘다고 생각해 전화를 걸면 일에 방해가 된다고 생각하신다. 지금은 어머니 전화 한 통은 받을 시간이 있는데 어머니는 전화를 걸지 않는다.

나는 예나 지금이나 무뚝뚝한 장남이다. 하루에 한 번씩 부모님께 전화 한 통 드리면 그렇게 좋아하시는데 그 쉬운 걸 잘 못한다. 표현하는 게 쑥스럽다. 다행히 나와는 다르게 남동생이 애교가 많고 싹싹해서 전화도 자주 드리고 여행도 다니고 어머니께 딸 노릇을 한다. 형이 못한 것을 대신 해주니까 고맙고 고마운 동생이다.

어머니는 내가 초등학생 때 처음 운동을 시작했을 때부터 지금까지 단 한 번도 마음을 놓은 적이 없다. 씨름에서 레슬링으로, 레슬링에서 루지로, 직업군인에서 봅슬레이 스켈레톤 국가대표 감독으로 지금까지 변화무쌍한 삶을 살아가는 아들을 그저 기도로 지켜봐주셨다. 아들이 무엇을 하든 제 하고 싶은 일을 하면서 살아갈 수 있기만을 기도하셨다. 그리고 지금 당신의 기도가 실현됐지만 여전히 아들을 위한 기도가 남아있는 분이다.

고마운 가족들의 무조건적인 믿음 덕분에 집안 걱정 없이 봅슬레이 스켈레톤에 내 모든 열정을 쏟을 수 있었다. 이제 원하는 성적으로 올림픽을 잘 마쳤으니 그동안 미뤄뒀던 남편과 아빠와 아들 역할을 하려고 한다. 받은 사랑에 비해 한없이 부족하겠지만.

내가 봅슬레이를 사랑하는 이유

썰매 종목은 앉거나 엎드리거나 앉은 자세로 1000m가 넘는 길이의 얼음 트랙을 쏜살같이 질주한다. 썰매는 F1 경기와 종종 비교되는데 F1과 닮은 점이 매우 많다. 우선 속도를 다투는 경기라는 점이 닮은꼴이다. 그리고 둘 다 브레이크 없이 질주한다는 점이 그렇다.

한 번 출발했으면 끝까지 질주해 내려오는 수밖에 없다. 내려오면서 할 수 있는 것은 속도가 가속될 때 속도를 조절하기 위해 트랙의 굴곡 위를 많이 오르느냐 적게 오르느냐 정도가 전부다.

그렇다. 썰매 종목에는 브레이크가 없다. 내가 봅슬레이와 스켈레톤을 사랑하는 이유도 바로 브레이크가 없다는 점 때문이다.

나는 한 번 출발했으면 멈춤 없이 끝까지 달려야 한다는 점이 우리 인생과 닮아있다는 생각이 든다. 왜 세상에 태어났는지 모르지만 어느 날 둘러보니까 나는 세상에 태어나 있었고 삶을 질주하는 일 만이 나에게 주어져 있었다. 멈출 수도 뒤돌아갈 수도 없다. 오직 질주해 나가는 수밖에.

　어떻게 살아야 잘 사는 걸까?

　인생도 썰매도 질주하면서 수많은 변수를 만난다. 슬프게도 성공보다는 실패하는 경우가 더 많다. 실패했다고 주저앉으면 그걸로 끝이지만 다시 일어나서 도전하면 성공으로 갈 수 있다. 결국 실패를 통해 한 단계 더 성장할 수 있다.

　나는 어려운 가정환경에서 태어나 경제적 부담을 덜어드리기 위해 운동을 시작해 씨름, 레슬링, 루지 선수를 거쳐 대한봅슬레이스켈레톤경기연맹 지도자까지 열심히 달려왔다. 매 순간마다 고비가 있었고 좌절과 눈물이 있었다. 기쁘게 웃었던 날보다 눈물을 흘린 날이 더 많았다. 그러나 나는 멈추지 않고 투덜대지 않고 내 인생과 함께 열심히 달렸다.

　운동선수들을 보면서 국민들이 박수를 보내는 이유는 어려움에 굴하지 않고 한계를 극복하고 일어난 도전정신 때문이다. 선수들의 삶이 어쩌면 가장 극적인 인생의 단면을 보여준다고 해도 과언이 아니다. 인생의 희로애락이 그 안에 다 담겨있다.

평창동계올림픽에서 그 어느 지도자가 맛보지 못한 궁극의 기쁨을 맛봤기에 나는 정말 운이 좋은 지도자다. 나 스스로 늘 운이 좋다고 생각했기에 좋지 않은 일이 일어났을 때도 "다음에는 좋은 일이 있을 거야"라고 믿으며 다시 일어났다.

베이징동계올림픽까지 가는 길이 요즘 사람들 말대로 꽃길만 펼쳐져 있을 거라고는 생각하지 않는다. 모르긴 몰라도 아마 가시밭길이 더 많을지도 모른다. 그렇지만 나는 긍정의 눈으로 세상을 바라보며 삶을 질주해나갈 생각이다.

인생이라는, 내 앞에 놓인 얼음트랙을.

—이용

우린 팀원

초판 1쇄 펴낸날 : 2018년 4월 5일

지은이 : 이용
펴낸이 : 이금석

기획·편집 : 박수진, 박지원
디자인 : 책봄 디자인 스튜디오
일러스트 : 김효원
마케팅 : 곽순식
물류지원 : 현란

펴낸곳 : 도서출판 무한
등록일 : 1993년 4월 2일
등록번호 : 제3-468호

주 소 : 서울시 마포구 서교동 469-19
전 화 : (02)322-6144
팩 스 : (02)325-6143
홈페이지 : www.muhan-book.co.kr
e-mail : muhan7@muhan-book.co.kr

값 : 17,000원
ISBN : 978-89-5601-368-8 (03810)